# 火车集

老舍 著

泰山出版社·济南·

图书在版编目（CIP）数据

火车集 / 老舍著. -- 济南：泰山出版社，2024.6
（中国近现代名家短篇小说精选）
ISBN 978-7-5519-0836-8

Ⅰ.①火… Ⅱ.①老… Ⅲ.①短篇小说－小说集－中
国－现代 Ⅳ.①I246.7

中国国家版本馆CIP数据核字(2024)第105800号


HUOCHE JI

**火车集**


**责任编辑** 王艳艳
**装帧设计** 路渊源

**出版发行** 泰山出版社
　　　　　社　　址　济南市泺源大街2号　邮编　250014
　　　　　电　话　综 合 部（0531）82023579　82022566
　　　　　　　　　出版业务部（0531）82025510　82020455
　　　　　网　　址　www.tscbs.com
　　　　　电子信箱　tscbs@sohu.com
**印　　刷** 山东通达印刷有限公司
**成品尺寸** 140 mm×210 mm　32开
**印　　张** 7.5
**字　　数** 150千字
**版　　次** 2024年6月第1版
**印　　次** 2024年6月第1次印刷
**标准书号** ISBN 978-7-5519-0836-8
**定　　价** 32.00元

# 凡　例

一、本书收录了作者的经典短篇小说，主要展现了作者的思想情感、审美取向与价值观念，以及当时的时代风貌等。

二、将作品改为简体横排，以适应当代的阅读习惯。原文存在标点不明、段落不分等不便于阅读之处，编者酌情予以调整。

三、作品尽量依照原作，以保持原作风格及其时代韵味，同时根据需要，对原文进行了适当的删减和订正。

四、对有些当时惯用的文字，如"的""地""得""作""做""哪""那""化钱""记帐"等，仍多遵照旧用。

# 目 录

# "火"车

除夕。阴历的，当然；国历的那个还未曾算过数儿。

火车开了。车悲鸣，客轻叹。有的算计着：七，八，九，十；十点到站，夜半可以到家；不算太晚，可是孩子们恐怕已经睡了；架上放着罐头，干鲜果品，玩具；看一眼，似乎听到唤着"爸"，呆呆的出神。有的知道天亮才能到家，看看车上的人，连一个长得像熟人的都没有；到家，已是明年了！有的……车走的多慢！心已到家一百多次了，身子还在车上；吸烟，喝水，打哈欠，盼望，盼望，扒着玻璃看看，漆黑，渺茫；回过头来，大家板着脸；低下头，泪欲流，打个哈欠。

二等车上人不多。胖胖的张先生和细瘦的乔先生对面坐着。二位由一上车就把绒毯铺好，为独据一条凳。及至车开了，而车上旅客并不多，二位感到除夕奔驰的凄凉，同时也微觉独占一凳的野心似乎太小了些。

同病相怜：二人都拿着借用免票，而免票早一天也匀不出来。意见相合：有免票的人教你等到年底，你就得等到年底；而有免票的人就是愿意看朋友干着急，等得冒火！同声慨叹：今日的朋友——哼，朋友！——远非昔日可比了，免票非到除夕不撒手，还得搭老大的人情呀！一齐点头：把误了过年的罪过统统归到朋友身上；平常日子借借免票，倒还顺利，单等到年底才咬牙，看人一手儿！一齐没好意思出声：真他妈的！

胖张先生脱下狐皮马褂，想盘腿坐一会儿；太胖，坐不牢；车上也太热，胖脑门上挂了汗："茶房，打把手巾！"又对瘦乔先生："车里，老弄这么热干吗？坐飞机大概可以凉爽一点。"

乔先生早已脱去大衣，穿着西皮筒的皮袍，套着青缎子坎肩，并不觉得热："飞机也有免票，不难找；可是……"瘦瘦的一笑。

"总以不冒险的为是！"张先生试着劲儿往上盘两只胖腿，还不易成功。"茶房，手巾！"

茶房——四十多岁，脖子很细很长，似乎可以随时把脑袋摘下来，再安上去，一点也不费事——攥着满手的热毛巾，很想热心服务，可是委屈太大了，一进门便和小崔聊起来："看见了没有？二十七，二十八，连跟了两次车，算计好了大年三十歇班。好，事到临期，刘先生上来了：老五，三十还得跑一趟呀！唉，看见了没有？路上一共六十多伙计，单短我这么一个！过年不过，没什么；单说这股子别扭劲！"长脖子往胖张先生那边探了探，毛巾换了手，揭起一条来，让小崔："擦一把！我可就对刘先生说了：过年不过没什么，大年三十'该'我歇班；跑了一年的车了，恰好赶上这么个巧当儿！六十多伙计，单缺我……"长脖子像倒流瓶儿似的，上下咕噜着气泡，憋得很难过。把小崔的毛巾接过来，才又说出话来："妈的不用混了，不干了，告诉你，事情妈的来得邪！一年到头，好容易……"

小崔的绿脸上泛出一点活儿气来，几乎可以当作笑意；头微微的点着，又要往横下里摇着；很想同情于老五，而决不肯这么轻易的失去自己的圆滑。自车长至老五，连各站上的挂钩的，都是小崔的朋友，他的瘦绿脸便是二等车票，就是闹到铁道部去大概也没人能否认这张特别车票的价值，正如同谁也晓得他身上老带着那么一二百两烟土而不能不承认他应当带着。小崔不能得罪人，对朋友们的委屈他都晓得，可就是不能给任何人太大的脸，而引起别人吃醋。他，谁也不得罪，所以谁也不怕；小崔这张车票——或是绿脸——印着全部人生的智慧。

"×，谁不是一年到头穷忙！"小崔想道出些自家的苦处，给老五一点机会抒散抒散心中的怨恨，像亚里士多德所说的悲剧的效果那样："我还不是这样？大年三十还得跑这么一趟！这还不提，明天，大年初一，妈的还得看小红去！人家初一出门朝着财神爷走，咱去找那个臭×，×！"绿嘴唇咧开，露出几个乌牙；绿嘴唇并上，鼓起，啪，一口吐液，唾在地上。

老五果然忘了些自家的委屈，同病相怜，向小崔颤了颤长脖子，近似善表情的骆驼。毛巾已凉，回去重新用热水浇过；回来，经过小崔的面前，不再说什么，只微一闭眼，尚有余怨。车摇了一下，他身子微偏，把自己投到苟先生身旁。"擦一把！大年三十才动身？"问苟先生，以便重新引起自己的牢骚，对苟先生虽熟，而熟的程度不似对小崔那么高，所以须小小的绕个弯儿。

苟先生很体面，水獭领的青呢大衣还未曾脱去，崭新的青缎子小帽也还在头上，衣冠齐楚，端坐如仪，像坐在台上，等着向大家致词的什么大会主席似的。接过毛巾，手伸出老远，为是把大衣的袖子缩短一些；然后，胳臂不往回蜷，而画了个大半圆圈，手找到了脸，擦得很细腻而气派。把脸擦亮，更显出方头大耳朵的十分体面。只对老五点了点头，没有解释为什么在除夕旅行的必要。

"您看我们这个苦营生！"老五不愿意把苟先生放过去，可也不便再重述刚才那一套，更要把话说得有尺寸，正好于敬意之中带着些亲热："三十晚上该歇，还不能歇！没办法！"接过来手巾："您再来一把？"

苟先生摇了摇头，既拒绝了第二把毛巾，又似乎是为老五伤心，还不肯说什么。路上谁不晓得苟先生是宋段长的亲戚，白坐二等车是当然的，而且要拿出点身份，不能和茶房一答一和的谈天。

老五觉得苟先生只摇了摇头有点发秃，可是宋段长的亲戚既已只摇了头也就得设法认为满意。车又摇动得很厉害，他走着浪木似的走到车中间，把毛巾由麻花形抖成长方，轻巧而郑重的提着两角："您擦吧？"张先生的胖手心接触到毛巾最热的部分，往脸上一捂，而后用力的擦，像擦着一面镜子。"您——"老五让乔先生。乔先生不大热心擦脸，只稍稍的把鼻孔中与指甲里的细腻而肥美的，可以存着也可以不存着的黑物让给了毛巾。

"待会儿就查票，"老五不便于开口就对生客人发牢骚，所以稍微往远处支了一笔，"查过票去，二位该歇着了；要枕头自管言语一声。车上没什么人，还可以睡一会儿。大年三十，您二位也在车上过了！我们跟车……无法！"不便说得太多了，看看二位的神气再讲。又递给张先生一把，张先生不愿再卖那么大力量，可是刚推过的短发上还没有擦过，需要擦几把，而头皮上是须用力气的；很勉强，擦完，吐了口气。乔先生没要第二把，怕力气都教张先生卖了，乃轻轻的用刚被毛巾擦过的指甲剔着牙。

"车上干吗弄这么热！"张先生把毛巾扔给老五。

"您还是别开窗户；一开，准着凉！车上的事，没人管，我告诉您！"老五急转直下的来到本题："您就说，一年到头跑车，好容易盼着大年三十歇一天，好，得了，什么也甭说了……"

老五的什么也甭说了也一半因为车到了一小站。

三等车下去几个人，都背着包，提着篮，匆匆的往站外走，又忽然犹豫了一下，唯恐落在车上一点什么东西。不下车的扒着玻璃往外看，有点羡慕人家已到了家，而急盼着车再快开了。二等车上没有下去的，反倒上来七八个军人，皮鞋山响，皮带油亮，搭上来四包特别加大的花炮，血红的纸包，印着金字。花炮太大，放在哪里也不合适，皮鞋乱响，前后左右挪动，语气粗壮，主意越多越没有决定。"就平放在地上！"营副发了言。"放在地上！"排长随着。一齐弯腰，立直，拍拍，立正敬礼。营副还礼："好啦，回去！"排长还礼："回去！"皮鞋乱响，灰帽，灰裹腿，皮带，一齐往外活动。"快下！"噜——笛声：闷——车头放响。灯光，人影，轮声，浮动。车又开了。

老五似乎有事，又似乎没事，由这头走到那头，看了看营副及排长，又看了看地上的爆竹，没敢言语，坐下和小崔聊起来。他还是抱怨那一套，把不能歇班的经过又述说了一回，比上次更详细满意。小崔由小红说到大喇叭，都是臭×。

老五心中微微有点不放心那些爆竹，又蹓回来。营副已然卧倒，似乎极疲乏，手枪放在小几上。排长还不敢卧倒，只摘了灰帽，拚命的抓头皮。老五没敢惊动营副，老远就向排长发笑："那什么，我把这些炮放在上面好不好？"

"干吗？"排长正把头皮抓到歪着嘴吸气的程度。

"怕教人给碰了。"老五缩着脖子说。

"谁敢碰！干吗碰？"排长的单眼皮的眼瞪得极大而并不威严。

"没关系，"老五像头上压了块极大的石头，笑得脸都扁了，"没关系！您这是上哪儿？"

"找揍！"排长心中极空洞，而觉得应当发脾气。

老五知道没有找揍的必要，轻轻的退到张先生这边："这就查票了，您哪。"

张先生此时已和乔先生一胖一瘦的说得挺投缘。张先生认识子清，乔先生也认识子清，说起来子清还是乔先生的远亲呢。由子清引出干臣，张先生乔先生又都晓得干臣：坐下就能打二十圈，输掉了脑袋，人家干臣不能使劲摔一张牌，老那么笑不唧儿的，外场人，绝顶聪明。嗯，是去年，还是前年，干臣还娶了个人儿，漂亮，利落。干臣是把手，朋友！

查票：头一位，金箍帽，白净子，板着脸，往远处看。第二位，金箍帽，黑矮子，满脸笑意，想把头一位金箍帽的硬气调剂一下；三等车，二金箍帽的脸都板起；二等车，一板一开；头等车，都笑。第三位，天津大汉，手枪，皮带，子弹俱全。第四位，山东大汉，手枪，子弹，外加大刀。第五位，老五，细长脖挺也不好，缩也不好，勉强向右边歪着。从小崔那边进来的。

小崔的绿脸乌牙，早在大家的记忆中，现在又见着了，小崔笑，大家反倒稍觉不得劲。头号金箍帽，眼视远处，似略有感触，把手中银亮的小剪子在腿上轻碰。第二金箍帽和小崔点点头。天津大汉一笑，赶紧板脸，似电灯的忽然一明一灭。山东大汉的手摸了摸帽沿，有许多话要对小崔说，暂且等会儿，眼神很曲折。老五似乎很替小崔难堪，所以须代大家向他道歉："坐，坐，没多少客人，回来说话！"小崔略感孤寂，绿脸上黑了一下，坐下。

老五赶到前面去："苟先生！"头号金箍帽觉得老五太张道好事，手早交给苟先生："段长好吧？怎么今天才动身？"苟先生笑，更体面了许多，手退回来，拱起，有声无字说了些什么，客气的意思很可以使大家想象到。二位大汉愣着，怪僵，搭不上话，微觉身份不够，但维持住尊严，腰挺得如板。

老五看准了当儿，轻步上前，报告张乔二位先生，查票。接过来，知是免票，乃特别加紧的恭敬。张先生的票退回；乔先生的稍迟，因为票上注明是女性，而乔先生是男子汉，实无可疑。二金箍帽的头稍凑近一处，极快的离开，暗中谅解：除夕原可女变为男。老五双手将票递回，甚多歉意。

营副已打呼。排长见查票的来到，急把脚放在椅上，表示就寝，不可惊动。大家都视线下移，看地上的巨炮。山东大汉点头佩服，爆竹真长且大。天津大汉对二号金箍帽："准是给曹旅长送去的！"听者无异议，一齐过去。到了车门，头号金箍帽下令给老五："教他们把炮放到上边去！"二号金箍帽补充上，亦可以略减老五的困难："你给他们搬上去！"老五连连点头，脖子极灵动，口中不说，心里算好："你们既不敢去说，我只好点头而已；点头与做不做向来相距很远。"天津大汉最为慎重："准是给曹旅长送去的。"老五心中透亮，知爆竹必不可动。

老五回到小崔那里，由绿脸上的锈暗，他看出小崔需要一杯开水。没有探问，他就把开水拿来。小崔已顾不得表示谢意，掏出来——连老五也没看清——一点什么，右手大拇指按在左手的手心上，左手弯如一弓鞋；

咧嘴，脸绿得要透白，有汗气，如受热放芽之洋葱。弓鞋扣在嘴上，微有起落；闭目，唇就水杯，瘦腮稍作漱势；纳气，喉内作响；睁开眼，绿脸上分明有笑纹。

"比饭要紧！"老五歪着头赞叹。

"比饭要紧！"小崔神足，所以话也直爽。

苟先生没法再不脱去大衣。脱下，眼珠欲转而定，欲定而转，一面是想把大衣放在最妥当的地方，一面是展示自己的态度臃重。衣钩太低，挂上去，衣的下半截必窝在椅上，或至出一二小摺。平放在空椅上，又嫌离自己稍远，减少水獭领与自己的亲密关系，亦不能久放在怀中，正如在公众场所不便置妾于膝上。不能决定。眼珠向上转去，架上放着自己的行李十八件：四卷，五篮，二小筐，二皮箱，一手提箱，二瓶，一报纸包，一书皮纸包。一，二，三，四……占地方长约二丈余，没有压挤之虞，尚满意。大衣仍在怀中，几乎无法解决，更须端坐。

快去过年，还不到家！快去过年，还不到家！轮声这样催动。可是跑得很慢。星天起伏，山树村坟集团的往后急退，冲开一片黑暗，奔入另一片黑暗；上面灰烟火星急躁的冒出，后退；下面水点白气流落，落在后边；跑，跑，不喘气，飞驰。一片黑，黑得复杂，过去了；一边黑，黑得空洞，过去了。一片积雪，一列小山，明一下，暗一下，过去了。但是，还慢，还慢，快去过年，还不到家！车上，灯明，气暖，人焦躁；没有睡意，快去过年，还不到家！辞岁，祭神，拜祖，春联，爆竹，饺子，杂拌儿，美酒佳肴，在心里，在口中，在耳旁，在鼻端，刚要笑，转成愁，身在车上，快去过年，还不到家！车外，黑影，黑影，星天起伏，积雪高低，没有人声，没有车马，全无所见，一片退不完，走不尽的黑影，抱着扯着一列灯明气暖的车，似永不散手，快去过年，还不到家……

张先生由架上取下两瓶白酒来，一边涮茶碗，一边说：

"弟兄一见如故！咱们喝喝。到家过年，在车上也得过年，及时行乐！尝尝！真正二十年营口原封，买不到，我和一位'满洲国'的大官匀来的。来，杀口！"

乔先生不好意思拒绝，也不好意思就这么接着。眼看着碗，手没处放，心里想主意。他由架上取下个大纸包来，轻轻的打开，里面还有许多小纸包，逐一的用手指摸过，如药铺伙计抓完了药对着药方摸摸药包那样。

摸准了三包：干荔枝，金丝枣，五香腐干，都打开，对着酒碗才敢发笑："一见如故！彼此不客气了！"

张先生的胖手捏破了一个荔枝，啪，响得有意思，恰似过年时节应有的响声。看着乔先生喝了一口酒，还看着，等酒已走下去才问："怎样？"

"太好了！"乔先生团着点舌头，似不肯多放走口中的酒香，"太好了！有钱也买不到！"

对喝。相让。慢慢的脸全红起来。随便的说，谈到家里，谈到职业，谈到朋友，谈到挣钱的不易，谈到免票……碗碰了碗，心碰了心，眼中都微湿，心中增多了热气与热烈，不能不慷慨：乔先生又打开一包蜜饯金橘。张先生本也想取下些纸包来，可是看了看酒，"两"瓶，乃就题发挥，消极的表示自家并不吝啬："全得喝上！一人一瓶，一滴也不能剩！这个年过得还真不离呢！酒不醉人；哥儿俩投缘，喝多少也不碍事！干上！"

"我的量可——"

"没的话！二十年的原封，决不能出毛病！大年三十交的朋友，前缘！"

乔先生颇受感动："好，我舍命陪君子！"

小崔也不怎么有点心事似的，谈着谈着老五觉得有到饭车上找点酒食的必要，而让小崔安静的忍个盹儿。

"怎么着？饭车上去？"老五立起来，向车里瞭望。

小崔没拾碴儿。老五见苟先生已躺下，一双脚在椅子扶手上仰着，新半毛半线的棕黄色袜子还带着中间那道折儿。张乔二位免票喝得正高兴。营副排长都已睡熟，爆竹静悄而热烈的在地上放着，纸色血红。老五偷偷的奔了饭车去。

小崔团了一团，窝在椅子上，闭上眼，嘴上叼着半截香烟。

张先生的一瓶已剩下不多，解开了钮扣，汗从鬓角流到腮上，眼珠发红舌头已木，话极多。因舌头不利落，所以有些话从横着来。但是心中还微微有点力量，在要对乔先生骂街之际，还能卷住舌头，把乱骂变为豪爽，并非闹酒不客气。乔先生只吞了半瓶，脸可已经青白，白得可怕。掏出烟卷，扔给了张先生一支。都点着了烟。张先生烟在口中，仰卧椅上，腿的下半截悬空，满不在乎。想唱《孤王酒醉》，嗓子干辣无音，用鼻子吐气，如怒牛。乔先生也歪下去，手指夹烟卷，眼直视斜对过的排长的脚，心跳，喉中作嗝，脸白而微痒。

快去过年，还不到家！轮声在张先生耳中响得特别快，轮声快，心跳得快，忽然嗡——，头在空中绕弯，如蝇子盘空，到处红亮，心与物一色，成若干红圈。忽然，嗡声收敛，心盘旋落身内，微敢睁眼，胆子稍壮，假装没事，胖手取火柴，点着已灭了的香烟。火柴顺手抛出。忽然，桌上酒气极强，碗，瓶，几上，都发绿光，飘渺，活动，渐高，四散。乔先生惊醒，手中烟卷已成火焰。抛出烟卷，双手急扑几上，瓶倒，碗倾，纸包吐火苗各色。张先生脸上已满是火，火苗旋转，如舞火球。乔先生想跑，几上火随纸灰上腾，架上纸包仿佛探手取火，火苗联成一片。他自己已成火人，火至眉，眉焦；火至发，发响；火至唇，唇上酒燃起，如吐火判官。

忽然，啪，啪，啪……连珠炮响。排长刚睁眼，鼻上一"双响"，血与火星并溅；起来，狂奔，脚下，身上，万响俱发，如践地雷。营副不及立起，火及全身，欲睁眼，右眼被击碎。

苟先生惊醒，先看架上行李，一部分纸包已烧起，火自上而下，由远而近，若横行火龙，浑身火舌。急起飞智，打算破窗而逃，拾鞋打玻璃，玻璃碎，风入，火狂；水獭领，四卷五篮，身上，都成燃料。车疾走，呼，呼，呼，风；啪，啪，啪，爆竹；苟先生狂奔。

小崔惯于旅行，闻声尚不肯睁眼，火已自足部起，身上极烫，烟土烧成膏；急坐起，烟，炮，火光，不见别物。身上烟膏发奇香，至烫，腿已不能动，渐及上部，成最大烟泡，形如茧。

小崔不能动，张先生醉得不知道动，乔先生狂奔，苟先生狂奔，排长狂奔，营副跪椅上长号。火及全车，硫黄气重，纸与布已渐随爆竹声残灭，声敛，烟浓；火炙，烟塞，奔者倒，跪者声竭。烟更浓，火入木器，车疾走，风呼呼，烟中吐红焰，四处寻出路。火更明，烟白，火舌吐窗外，全车透亮，空明多姿，火舌长曳，如悬百十火把。

车入了一小站，不停。持签的换签，心里说"火"！持灯的放行，心里说"火"！搬闸的搬闸，路警立正，都心里说"火"！站长半醉，尚未到站台，车已过去；及到站台，微见火影，疑是眼花。持签的交签，持灯的灭灯，搬闸的复闸，路警提枪入休息室，心里都存着些火光，全不想说什么。过了一会儿，心中那点火光渐熄，群议如何守岁，乃放炮，吃酒，打牌，天下极太平。

车出站，加速度。风火交响，星花四落，夜黑如漆，车走如长灯，火舌吞吐。二等车但存屋形，火光里实存炭架。火舌左右扑空，似乎很失望，乃前乃后，入三等车。火舌的前面，烟为导军，腥臭焦甜。烟到，火到，"火！火！火！"人声忽狂，胆要裂。人多，志昏，有的破窗而迟疑不肯跳下，有的奔逃，相挤俱仆，有的呆坐，欲哭无声，有的拾起筐篮……乱，怕，无济于事，火已到面前，到身上，到头顶，哭喊，抱头，拍衣，狂奔，跳车……

火找到新殖民地，物多人多，若狂喜，一舌吐出，一舌远掷，一舌半隐烟中，一舌突挺窗外，一舌徘徊，一舌左右联烧，姿体万端，百舌齐舞；渐成一团，为火球，为流星，或滚或飞；又成一片，为红为绿，忽暗忽明，随烟爬行，突裂烟成焰，急流若惊浪；吱吱作响，炙人肉，烧毛发；响声渐杂，物落人嚎，呼呼借风成火阵；全车烧起，烟浓火烈，为最惨的火葬！

又到站，应停。持签的，打灯的，收票的，站岗的，脚行，正站长，副站长，办事员，书记，闲员，都干瞪眼，站上没有救火设备。二等车左右三等车各一辆，无人声，无动静，只有清烟缓动，明焰静燃，至为闲适。

据说事后检尸，得五十二具；沿路拾取，跳车而亡者又十一人。

元宵节后，调查员到。各方面请客，应酬很忙。三日酒肉，顾不及调查。调查专员又有些私事，理应先办，复延迟三日。宴残事了，乃着手调查。

车长无所知，头号金箍帽无所知，二号金箍帽无所知，天津大汉无所知，山东大汉无所知，老五无所知，起火原因不明。各站报告售出票数与所收票数，正相合，恰少六十三张，似与车俱焚，等于所拾尸数。各站俱未售出二等票，二等车必为空车，绝对不能起火。

审问老五，虽无所知，但火起时老五在饭车上，既系二等车的看车夫，为何擅离职守，到饭车上去？起火原因虽不明，但擅离职守，罪有当得，开除示惩！

调查专员回衙复命，报告详细，文笔甚佳。

"大年三十歇班，硬还教我跟车；妈的干不干没多大关系！"老五颤着长脖，对五嫂说。"开除，正好，此处不留爷，自有留爷处！你甭着急，离了火车还不能吃饭是怎着？！"

"我倒不着急，"五嫂想安慰安慰老五，"我倒真心疼你带来那些青韭，也教火给烧了！"

# 兔

## 一

许多人说小陈是个"兔子"。

我认识他，从他还没作票友的时候我就认识他。他很瘦弱，很聪明，很要强，很年轻，眉眼并不怎么特别的秀气，不过脸上还白净。我和他在一家公司里共过半年多的事，公司里并没有一个人对他有什么不敬的态度与举动；反之，大家都拿他当个小兄弟似的看待：他爱红脸，大家也就分外的对他客气。他不能，绝对不能，是个"兔子"。

他真聪明。有一次，公司办纪念会，要有几项"游艺"，由全体职员瞎凑，好不好的只为凑个热闹。小陈红着脸说，他可以演戏，虽然没有学过，可是看见过；假若大家愿意，他可以试试。看过戏就可以演戏，没人相信。可是既为凑热闹，大家当然不便十分的认真，教他玩玩吧，唱好唱坏有什么关系呢。他唱了一出《红鸾喜》。他的嗓子就和根毛儿似的那样细，坐在最前面的人们也听不见一个字，可是他的扮相，台步，作派，身段，没有一处不好的，就好像是个嗓子已倒而专凭作工见长的老伶，处处细腻老到。他可是并没学过戏！无论怎么说吧，那天的"游艺"数着这出《红鸾喜》最"红"，而且掌声与好儿都是小陈一个人得的。下了装以后，他很腼腆的，低着头说："还会打花鼓呢，也并没学过。"

不久，我离开了那个公司。可是，还时常和小陈见面。那出《红鸾喜》的成功，引起他学戏的兴趣。他拜了俞先生为师。俞先生是个老票友，也是我的朋友；五十多岁了，可是嗓子还很娇嫩，高兴的时候还能把胡子剃去，票出《三堂会审》。俞先生为人正直规矩，一点票友们的恶习也没有。看着老先生撅着胡子嘴细声细气的唱，小陈红着脸用毛儿似的小嗓随着学，我觉得非常有趣，所以有时候我也跟着学几句。我的嗓子比小陈的好得多，可就是唱不出味儿来，唱着唱着我自己就笑了，老先生笑得更厉害："算了吧，你听我徒弟唱吧！"小陈微微一笑，脸向着墙"喊"了几句，声音还是不大，可是好听。"你等着，"老先生得意的对我说，"再有半年，他的嗓子就能出来！真有味！"

俞先生拿小陈真当个徒弟对待，我呢也看他是个小朋友，除了学戏以外，我们也常一块儿去吃个小馆，或逛逛公园。我们两个年纪较大的到处规规矩矩，小陈呢自然也很正经，连句错话也不敢说。就连这么着，俞先生还时常的说："这不过是个玩艺，可别误了正事！"

## 二

小陈，因为聪明，贪快贪多，恨不能一个星期就学完一出戏。俞先生可是不忙。他知道小陈聪明，但是不愿意教他贪多嚼不烂。俞先生念字的正确，吐音的清楚，是票友里很少见的。他愣可少教小陈学几个腔儿，而必须把每个字念清楚圆满了。小陈，和别的年轻人一样，喜欢花哨。有时候，他从留音机片上学下个新腔，故意的向老先生显胜。老先生虽然不说什么，可是心中不大欢喜。经过这么几次，老先生可就背地里对我说了："我看哪，大概这个徒弟要教不长久。自然喽，我并不要他什么，教不教都没多大关系。我怕的是，他学坏了，戏学坏了倒还是小事，品行，品行……不放心！我是真爱这个小人儿，太聪明！聪明人可容易上当！"

我没回答出什么来，因为我以为这一半由于老先生的爱护小陈，一半由于老先生的厌恶新腔。其实呢，我想，左不是玩玩罢咧，何必一定叫真儿分什么新旧邪正呢。我知道我顶好是不说什么，省得教老先生生气。

不久，我就微微的觉到，老先生的话并非过虑。我在街上看见了小陈同着票友儿们一块走。这种票友和俞先生完全不同：俞先生是个规规矩矩的好人，除了会唱几句，并没有什么与常人不同的地方。这些票友，恰相反，除了作票友之外，他们什么也不是。他们虽然不是职业的伶人，可也头上剃着月亮门，穿张打扮，说话行事，全像戏子，即使未必会一整出戏，可是习气十足，我把这个告诉给俞先生了，俞先生半天没说出话来。

过了两天，我又去看俞先生，小陈也在那里呢。一看师徒的神气，我就知道他们犯了拧儿。我刚坐下，俞先生指着小陈的鞋，对我说："你看看，这是男人该穿的鞋吗？葡萄灰的，软帮软底！他要是登台彩排，穿上花鞋，逢场作戏，我决不说什么。平日也穿着这样的鞋，满街去走，成什么样儿呢？"

我很不易开口。想了会儿，我笑着说："在苏州和上海的鞋店里，时常看到颜色很鲜明，样式很轻巧的男鞋；不比咱们这儿老是一色儿黑，又大又笨。"原想这么一说，老先生若是把气收一收，而小陈也不再穿那双鞋，事儿岂不就轻轻的揭过去了么。

可是，俞先生一个心眼，还往下钉："事情还不这么简单，这双鞋是人家送给他的。你知道，我玩票二十多年了，票友儿们的那些花样都瞒不了我。今天他送双鞋，明天你送条手绢，只要伸手一接，他们便吐着舌头笑，把天好的人也说成一个小钱不值。你既是爱唱着玩，有我教给你还不够，何必跟那些狐朋狗友打联联呢？何必弄得好说不好听的呢？"

小陈的脸白起来，我看出他是动了气。可是我还没想到他会这么暴烈，愣了会儿，他说出很不好听的来了："你的玩艺都太老了。我有工夫还去学点新的呢！"说完，他的脸忽然红了；仿佛是为省得把那点腼腆劲儿恢复过来，低着头，抓起来帽子，走出去，并没向俞老师弯弯腰。

看着他的后影，俞先生的嘴唇颤着，"呕"了两声。

"年轻火气盛，不必——"我安慰着俞先生。

"哼，他得毁在他们手里！他们会告诉他，我的玩艺老了，他们会给他介绍先生，他们会蹿弄他'下海'，他们会死吃他一口，他们会把他鼓捣死。可惜！可惜！"

俞先生气得不舒服了好几天。

### 三

小陈用不着再到俞先生那里去，他已有了许多朋友。他开始在春芳阁茶楼清唱，春芳阁每天下午有"过排"，他可是在星期日才能去露一出。因为俞先生，我也认识几位票友，所以星期日下午若有工夫，我也到那里去泡壶茶，听三两出戏；前后都有熟人，我可以随便的串——好观察小陈的行动。

就是在这个时候，开始有人说他是"兔子"。我不能相信。不错，他的脸白净，他唱"小嗓"；可是我也知道他聪明，有职业，腼腆；不论他怎么变，决不会变成个"那个"。我有这个信心，所以我一边去观察他的行动，也一边很留神去看那些说他是"那个"的那些人们。

小陈的服装确是越来越匪气了，脸上似乎也擦着点粉。可是他的神气还是在腼腆之中带着一股正气。一看那些给他造谣的，和捧他的，我就明白过来：他打扮，他擦粉，正和他穿那双葡萄灰色的鞋一样，都并不出于他的本心，而是上了他们的套儿。俞先生的话说得不错，他要毁在他们手里。

最惹我注意的，是个黑脸大汉。头上剃着月亮门，眼皮里外都是黑的，他永远穿着极长极瘦绸子衣服，领子总有半尺来高。

据说，他会唱花脸，可是我没听他唱过一句。他的嘴里并不像一般的票友那样老哼唧着戏词儿，而是念着锣鼓点儿，嘴里念着，手脚随着轻轻的抬落；不用说，他的工夫已超过研究耍腔念字，而到了能背整出的家伙点的程度，大概他已会打"单皮"。

这个黑汉老跟着小陈，就好像老鸨子跟着妓女那么寸步不离。小陈的"戏码"，我在后台看见，永远是由他给排。排在第几出，和唱哪一出，他都有主张与说法。他知道小陈的嗓子今天不得力，所以得唱出歇工儿戏；他知道小陈刚排熟了《得意缘》，所以必定得过一过。要是凑不上角儿的话，他可以临时去约。赶到小陈该露了，他得拉着小陈的手，告诉他在哪儿叫好，在哪儿偷油，要是半路嗓子不得力便应在哪个关节"码前"或"叫散"了。在必要的时候，他还递给小陈一粒华达

丸。拿他和体育教员比一比，我管保说，在球队下场比
赛的时候那种种嘱告与指导，实在远不及黑汉的热心与
周到。

等到小陈唱完，他永远不批评，而一个劲儿夸奖。
在夸奖的言词中，他顺手儿把当时最有名的旦角加以极
厉害的攻击：谁谁的嗓子像个"黑头"，而觍着脸硬唱
青衣！谁谁的下巴有一尺多长，脊背像黄牛那么宽，而
还要唱花旦！这种攻击既显出他的内行，有眼力，同时
教小陈晓得自己不但可以和那些名伶相比，而且实在自
己有超过他们的地方了。因此，他有时候，我看出来，
似乎很难为情，设法不教黑汉拉着他的手把他送到台上
去，可是他也不敢得罪他；他似乎看出一些希望来，将
来他也能变成个名伶；这点希望的实现都得仗着黑汉。
黑汉设若不教他和谁说话，他就不敢违抗，黑汉要是教
他擦粉，他就不敢不擦。

我看，有这么个黑汉老在小陈身旁，大概就没法避
免"兔子"这个称呼吧？

小陈一定知道这个。同时，他也知道能变成个职业
的伶人是多么好的希望。自己聪明，"说"一遍就会，
再搭上嗓子可以对付，扮相身段非常的好；资格都有

了，只要自己肯，便能伸手拿几千的包银，干什么不往这条路上走呢！什么再比这个更现成更有出息呢？

要走这条路，黑汉是个宝贝。在黑汉的口中，不但极到家的讲究戏，他也谈怎样为朋友家办堂会戏，怎样约角，怎样派份儿，怎样赁衣箱。职业的，玩票的，"使黑杵的"，全得听他的调动。他可以把谁捧起来，也可以把谁摔下去；他不但懂戏，他也懂"事"。小陈没法不听他的话，没法不和他亲近。假若小陈愿意的话，他可以不许黑汉拉他的手，可是也就不要再到票房去了。不要说他还有那个希望，就是纯粹为玩玩也不能得罪黑汉，黑汉一句话便能教小陈没地方去过戏瘾，先不用说别的了。

## 四

有黑汉在小陈身后，票房的人们都不敢说什么，他们对小陈都敬而远之。给小陈打鼓的决不敢加个"花键子"；给小陈拉胡琴的决不敢耍坏，暗暗长一点弦儿；给小陈配戏的决不敢弄句新"搭口"把他绕住，也不敢放胆的卖力气叫好而把小陈压下去。他们的眼睛看着黑汉而故意向小陈卖好，像众星捧月似的。他们绝不会佩服小陈——票友是不会佩服人的——可是无疑的都怕黑汉。

假如这些人不敢出声，台底下的人可会替他们说话；黑汉还不敢干涉听戏的人说什么。

听戏的人可以分作两类!一类是到星期六或星期日偶尔来泡壶茶解解闷，花钱不多而颇可以过过戏瘾。这一类人无所谓，高兴呢喊声好，不高兴呢就一声不出或走出去。另一类人是冬夏常青，老长在春芳阁的。他们都多知多懂。有的玩过票而因某种原因不能再登台，所以天天上茶楼来听别人唱，专为给别人叫"倒好"，以表示自己是老行家。有的是会三句五句的，还没资格登台，所以天天来熏一熏，服装打扮已完全和戏子一样了，就是一时还不能登台表演，而十分相信假若一旦登台必会开门红的。有的是票友们的亲戚或朋友，天天来给捧场，不十分懂得戏，可是很会喊好鼓掌。有的是专为来喝茶，不过日久天长便和这些人打成一气，而也自居为行家。这类人见小陈出来就嘀咕，说他是"兔子"。

只要小陈一出来，这群人就嘀咕。他们不能挨着家儿去告诉那些生茶座儿：他是"兔子"。可是他们的嘀咕已够使大家明白过来的了。大家越因好奇而想向他们打听一下，他们便越嘀咕得紧切，把大家的耳朵都吸过来一些；然后，他们忽然停止住嘀咕，而相视微笑，大家的耳朵只好慢慢的收回去，他们非常的得意。假若黑汉能支配台上，这群人能左右台下，两道相逆的水溜，好像是，冲激那个瘦弱的小陈。

这群人里有很年轻的，也有五六十岁。虽然年纪不同，可一律擦用雪花膏与香粉，寿数越高的越把粉擦得厚。他们之中有贫也有富，不拘贫富，服装可都很讲究，穷的也有个穷讲究——即使棉袍的面子是布的，也会设法安半截绸子里儿；即使连里子也得用布，还能在颜色上着想，衬上什么雪青的或深紫的。他们一律都卷着袖口，为是好显显小褂的洁白。

大概是因为忌妒吧，他们才说小陈是"兔子"；其实据我看呢，这群人们倒更像"那个"呢。

小陈一露面，他们的脸上就立刻摆出一种神情，能伸展成笑容，也能缩敛成怒意；一伸，就仿佛赏给了他一点世上罕有的恩宠；一缩，就好像他们触犯帝王的圣怒。小陈，为博得彩声，得向他们递个求怜邀宠的眼色。连这么着，他们还不轻易给他喊个好儿。

赶到他们要捧的人上了台，他们的神情就极严肃了，都伸着脖儿听；大家喊好的时候，他们不喊；他们却在那大家不注意的地方，赞叹着，仿佛是忘形的，不能不发泄的，喝一声彩，使大家惊异，而且没法不佩服他们是真懂行。据说，若是请他们吃一顿饭，他们便可以玩这一招。显然的，小陈要打算减除了那种嘀咕，也得请他们吃饭。

我心里替小陈说，何必呢！可是他自有他的打算。

## 五

有一天，在报纸上，我看到小陈彩排的消息。我决定去看一看。

当然黑汉得给他预备下许多捧场的。我心里可有准儿，不能因为他得的好儿多或少去决定他的本事，我要凭着我自己的良心去判断他的优劣。

他还是以作工讨好，的确是好。至于唱工，凭良心说，连一个好儿也不值。在小屋里唱，不错，他确是有味儿；一登台，他的嗓子未免太窄了，只有前两排凑合着能听见，稍微靠后一点的，便只见他张嘴而听不见声儿了。

想指着唱戏挣钱，谈何容易呢！我晓得这个，可是不便去劝告他。黑汉会给他预备好捧场的，教他时时得到满堂的彩，教他没法不相信自己的技艺高明。我的话有什么用呢？

事后，报纸上的批评是一致的，都说他可以比作昔年的田桂凤。我知道这些批评是由哪儿来的，黑汉哪能忘下这一招呢。

从这以后，义务戏和堂会就老有小陈的戏码了。我没有工夫去听，可是心中替他担忧。我晓得走票是花钱买脸的事，为玩票而倾家荡产的并不算新奇；而小陈是个穷小子啊。打算露脸，他得有自己的行头，得找好配角，得有跟包的，得摆出阔架子来，就凭他，公司里的一个小职员？难！

不错，黑汉会帮助他；可是，一旦黑汉要翻脸和他算清账怎么办呢？俞先生的话，我现在明白过来，的确是经验之谈，一点也非过虑。

不久，我听说他被公司辞了出来，原因是他私造了收据，使了一些钱。虽说我俩并非知己的朋友，我可深知他绝不是个小滑头。要不是被逼急了，我相信他是不会干出这样丢脸的事的。我原谅他，所以深恨黑汉和架弄着小陈的那一群人。

我决定去找他，看看我能不能帮助他一把儿；几乎

不为是帮助他，而是借此去反抗黑汉，要从黑汉手中把
个聪明的青年救出来。

## 六

小陈的屋里有三四个人，都看着他作"活"呢。
因为要省点钱，凡是自己能动手的，他便自己作。现
在，他正作着一件背心，戏台上丫环所穿的那种。大家
吸着烟，闲谈着，他一声不出的，正往背心上粘玻璃珠
子——用胶水画好一大枝梅花，而后把各色的玻璃珠粘
上去，省工，省钱，而穿起来很明艳。

我进去，他只抬起头来向我笑了笑，然后低下头去继
续工作，仿佛是把我打入了那三四个人里边去。我既不认
识他们，又不想跟他们讲话，只好呆呆的坐在那里。

那些人都年纪在四十以上，有的已留下胡子。听他
们所说的，看他们的神气，我断定他们都是一种票友。
看他们的衣服，他们大概都是衙门里的小官儿，在家里
和社会上也许是很热心拥护旧礼教，而主张男女授受不
亲的。可是，他们来看小陈作活。他们都不野调无腔，
谈吐也颇文雅，只是他们的眼老溜着小陈，带出一点于
心不安而又无法克服的邪味的笑意。

他们谈话儿，小陈并不大爱插嘴，可是赶到他们一提起某某伶人，或批评某某伶人的唱法，他便放下手中的活，皱起点眉来，极注意的听着，而后神气活似黑汉，斩钉截铁的发表他的意见，话不多，可是十分的坚决，指出伶人们的缺点。他并不为自己吹腾，但是这种带着坚固的自信的批判，已经足以显出他自己的优越了。他已深信自己是独一无二的旦角，除了他简直没有人懂戏。

好容易把他们耗走，我开始说我所要说的话，为省去绕弯，我开门见山的问了他一句："你怎样维持生活呢？"

他的脸忽然的红了，大概是想起被公司辞退出来的那点耻辱。看他回不出话来，我爽性就钉到家吧："你是不是已有许多的债？"

他勉强的笑了一下，可是神气很坚决："没法不欠债。不过，那不算一回事，我会去挣。假如我现在有三千块钱，作一批行头，我马上可以到上海去唱两个星期，而后，"他的眼睛亮起来，"汉口，青岛，济南，天津，绕一个圈儿；回到这儿来，我就是——"他挑起大指头。

"那么容易么？"我非常不客气的问。

他看了我一眼，冷笑了一下，不屑于回答我。

"是你真相信你的本事，还是被债逼得没法不走这条路呢？比如说，你现在已欠下某人一两千块钱，去作个小事儿决不能还上，所以你想一下子去搂几千来，而那个人也往这么引领你，是不是？"

想了一会儿，犹豫了一下，咽了一口气，没回答出什么来。我知道我的话是钉到他的心窝里。

"假若真像我刚才说的。"我往下说，"你该当想一想，现在你欠他的，那么你要是'下海'，就还得向他借。他呢，就可以管辖你一辈子，不论你挣多少钱，也永远还不清他的债，你的命就交给他了。捧起你来的人，也就是会要你命的人。你要是认为我不是吓唬你，想法子还他的钱，我帮助你，找个事作，我帮助你，从此不再玩这一套。你想想看。"

"为艺术是值得牺牲的！"他没看我，说出这么一句。

这回该我冷笑了。"是的，因为你在中学毕业，所以会说这么一句话，一句话，什么意思也没有。"

他的脸又红了。不愿再跟我说什么，因为越说他便越得气馁；他的岁数不许他承认自己的错误。他向外边喊了一声："二妹！你坐上一壶水！"

我这才晓得他还有个妹妹，我的心中可也就更不好过了；没再说什么，我走了出去。

## 七

"全球驰名，第一青衫花旦陈……表演独有历史佳剧……"在报纸上，街头上，都用极大的字登布出来。我知道小陈是"下了海"。

在"打炮"的两天前，他在东海饭店招待新闻界和一些别的朋友。不知为什么，他也给了我张请帖。真不愿吃他这顿饭，可是我又要看看他，把请帖拿起又放下好几回，最后我决定去看一眼。

席上一共有七八十人，有戏界的重要人物，有新闻记者，有捧角专家，有地面上的流氓。我没大去注意这些人们，我仿佛是专为看小陈而来的。

他变了样。衣服穿得顶讲究，讲究得使人看着难过，像新娘子打扮得那么不自然，那么过火。不过，这还不算出奇；最使人惊异的是右手的无名指上戴着个钻石戒指，假若是真的，须值两三千块钱。谁送给他的呢？凭什么送给他呢？他的脸上分明的是擦了一点胭脂，还是那么削瘦，可是显出点红润来。有这点假的血色在脸上，他的言语动作仿佛都是在作戏呢；他轻轻的扭转脖子，好像唯恐损伤了那条高领子；他偏着脸向人说话，每说一句话先皱一下眉，而后嘴角用力的往上兜，故意的把腮上弄成两个小坑儿。我看着他，我的脊背上一阵阵的起鸡皮疙疸。

可是，我到底是原谅了他，因为黑汉在那里呢。黑汉是大都督，总管着一切：他拍大家的肩膀，向大家嘀咕，向小陈递眼色，劝大家喝酒，随着大家笑，出来进去，进去出来，用块极大的绸子手绢擦着黑亮的脑门，手绢上抖出一股香水味。

据说，人熊见到人便过去拉住手狂笑。我没看见过，可是我想象着那个样子必定就像这个黑汉。

黑汉把我的眼睛引到一位五十来岁的矮胖子身上去。矮胖子坐首席，黑汉对他说的话最多，虽然矮胖子并不大爱回答，可是黑汉依然很恭敬。对了，我心中一亮，我找到那个钻石戒指的来路！

再细看，我似乎认识那个胖脸。啊，想起来了，在报纸和杂志上见过：楚总长！楚总长是热心提倡"艺术"的。

不错，一定是他，因为他只喝了一杯酒，和一点汤，便离席了。黑汉和小陈都极恭敬的送出去。再回到席上，黑汉开始向大家说玩笑话了，仿佛是表示：贵人已走，大家可以随便吧。

吃了一道菜，我也溜出去了。

## 八

楚总长出钱，黑汉办事。小陈住着总长的别墅，有了自己的衣箱，钻石戒指，汽车。他只是摸不着钱，一切都由黑汉经手。

只要有小陈的戏，楚总长便有个包厢，有时候带着小陈的妹妹一同来：看完戏，便一同回到别墅，住下。小陈的妹妹长得可是真美。

楚总长得到个美人，黑汉落下了不少的钱，小陈得去唱戏，而且被人叫做"兔子"。

大局是这么定好了，无论是谁也无法把小陈从火坑里拉出来了。他得死在他们手里，俞先生一点也没说错。

## 九

事忙，我一年多没听过一次戏。小陈的戏码还常在报纸上看到，他得意与否可无从知道。

有一次，我到天津办一点事，晚上独自在旅馆里非常的无聊，便找来小报看看戏园的广告。新到的一个什么"香"，当晚有戏。我连这个什么"香"是男是女也不晓得，反正是为解闷吧，就决定去看看。对于新起来的角色，我永远不希望他得怎样的好，以免看完了失望，弄一肚子别扭。

这个什么"香"果然不怎么高明，排场很阔气，可是唱作都不够味儿；唱到后半截儿，简直有点支持不下去的样子。唱戏是多么不容易的事呢，我不由的想起小陈来。

正在这个时候，我看见了黑汉，他轻快的由台门闪出来，斜着身和打鼓的说了两句话，又轻快的闪了进去。

哈！又是这小子！我心里说。哼，我同时想到了，大概他已把小陈吸干了，又来耍这个什么"香"了！该死的东西！

由天津回来，我遇见了俞先生，谈着谈着便谈到了小陈，俞先生的耳朵比我的灵通，刚一提起小陈，他便叹了口气："完喽！妹妹被那个什么总长给扔下不管了，姑娘不姑娘，太太不太太的在家里闷着。他呢，给那个黑小子挣够了钱，黑小子撒手不再管他了，连行头还让黑小子拿去多一半。谁不知道唱戏能挣钱呢，可是事儿并不那么简单容易。玩票，能被人吃光了；使黑杵，混不上粥喝；下海，谁的气也得受着，能吃饱就算不离。我全晓得，早就劝过他，可是……"俞先生似乎还有好些个话，但是只摇了摇头。

## 十

又过了差不多半年，我到济南有点事。小陈正在那里唱呢，他挂头牌，二牌三牌是须生和武生，角色不算很硬，可也还看得过去。这里，连由北平天桥大棚里约来的角儿还要成千论百的拿包银，那么小陈——即使我们承认他一切的弱点——总比由天桥来的强着许多了。我决定去看他的戏，仿佛也多少含着点捧捧场的意思，谁教我是他的朋友呢。

那晚上他贴的是独有的"本儿戏"，九点钟就上场，文武带打，还赠送戏词。我恰好有点事，到九点一刻才起身到戏园去，一路上我还怕太晚了点，买不到票。到九点半我到了戏园，里里外外全清锅子冷灶，由老远就听到锣鼓响，可就是看不见什么人。由卖票人的神气我就看出来，不上座儿，因为他非常的和气，一伸手就给了我张四排十一号——顶好的座位。

四排以后，我进去一看，全空着呢。两廊稀稜稜的有些人，楼上左右的包厢全空着。一眼望过去，台上被水月电照得青虚虚的，四个打旗的失了魂似的立在左右，中间坐着个穿红袍的小生，都像纸糊的。台下处处是空椅子，只在前面有一堆儿人，都像心中有点委屈似的。世上最难看的是半空的戏园子——既不像戏园，又不像任何事情，仿佛是一种梦景似的。

我坐下不大会儿，锣鼓换了响声，椅垫桌裙全换了南绣的，绣着小陈的名字。一阵锣鼓敲过，换了小锣，小陈扭了出来。没有一声碰头好——人少，谁也不好意思喊。我真要落泪！

他瘦得已不成样子。因为瘦，所以显着身量高，就像一条打扮好的刀鱼似的。

他并不因为人少而敷衍，反之，他的瘦脸上带出一些高傲，坚决的神气；唱，念，作派，处处用力；越没有人叫好，他越努力；就好像那宣传宗教的那么热烈，那么不怕困苦。每唱完一段，回过头去喝水的工夫，我看见他嗽得很厉害，嗽一阵，揉一揉胸口，才转过脸来。他的嗓音还是那么窄小，可是作工已臻化境，每一抬手迈步都有尺寸，都恰到好处；耍一个身段，他便向台下打一眼，仿佛是对观众说：这还不值个好儿吗？没人叫好，始终没人喊一声好！

我忽然像发了狂，用尽了力量给他喝了几声彩。他看见了我，向我微微一点头。我一直坐到了台上吹了呜嘟嘟，虽然并没听清楚戏中情节到底是怎回事，我心中很乱。

散了戏，我跑到后台去，他还上着装便握住了我的手，他的手几乎是一把骨头。

"等我卸了装，"他笑了一下，"咱们谈一谈！"

我等了好大半天，因为他真像个姑娘，事事都作得很慢很仔细，头上的每一朵花，每一串小珠子，都极小心的往下摘，看着跟包的给收好。

我跟他到了三义栈，已是夜里一点半钟。

一进屋，他连我也不顾得招待了，躺在床上，手哆嗦着，点上了烟灯。吸了两大口，他缓了缓气："没这个，我简直活不了啦！"

我点了点头。我想不起说什么。设若我要说话，我就要说对他有些用处的，可是就凭我这个平凡的人，怎能救得了他呢？只好听着他说吧，我仿佛成了个傻子。

又吸了一大口烟，他轻轻的掰了个橘子，放在口中一瓣。"你几儿个来的？"

我简单的告诉了他关于我自己的事，说完，我问他："怎样？"

他笑了笑："这里的人不懂戏！"

"赔钱？"

"当然！"他不像以前那样爱红脸了，话说得非常的自然，而且绝没有一点后悔的意思。"再唱两天吧，要还是不行，简直得把戏箱留在这儿！"

"那不就糟了？"

"谁说不是！"他嗽咳了一阵，揉了揉胸口。"玩艺好也没用，人家不听，咱有什么法儿呢？"

我要说：你的嗓子太窄，你看事太容易！可是我没说。说了又有什么用呢？他的嗓子无从改好，他的生活已入了辙，他已吸惯了烟，他已有了很重的肺病，我干吗既帮不了他，还惹他难受呢？

"在北平大概好一点？"我为是给他一点安慰。

"也不十分好，班子多，地方钱紧，也不容易，哪里也不容易！"他揉着一点橘子皮，心中不耐烦，可是要勉强着镇定。"可是，反正我对得起老郎神，玩艺地道，别的……"

是的，玩艺地道；不用说，他还是自居为第一的花旦。失败，困苦，压迫，无法摆脱，给他造成了一点自信，他只仗着这点自信活着呢。有这点自信欺骗着他自己，他什么也不怕，什么也可以一笑置之；妹妹被人家糟践了，金钱被人家骗去，自己只剩下一把骨头与很深的烟瘾；对谁也无益，对自己只招来毁灭；可是他自信玩艺儿地道。"好吧，咱们北平见吧！"我告辞走出来。

"你不等听听我的全本《凤仪亭》啦？后天就露！"他立在屋门口对我说。

我没说出什么来。

回到北平不久，我在小报上看到小陈死去的消息。他至多也不过才二十四五岁吧。

# 杀　狗

　　灯灭了。宿舍里乱哄了一阵儿，慢慢的静寂起来。没光亮，没响声，夜光表的针儿轻轻的凑到一处，十二点。

　　杜亦甫本没脱去短衣，轻轻的起来，披上长袍。夜里的春寒教他不得已的吸了一下鼻子。摸着洋蜡，点上，发出点很懒惰无聊的光儿。他呆呆的看着微弯的烛捻儿：慢慢的，羞涩的，黑线碰到了蜡槽，蜡化开一点，像个水仙花心；轻轻炸了两声，水仙花心散化在一汪儿油里；暗了一会儿，忽然想起它的责任来似的，放出一支蜡所应供给的全份儿光亮。杜亦甫痛快了一些。

　　转身，他推醒周石松。周石松慢慢的坐起来，蜷着腿，头支在膝上，看着那支蜡烛。

　　"我叫他们去！"杜亦甫在周石松耳边轻轻的说。

　　不大的工夫，像领着两个囚徒似的，杜亦甫带进一高一矮两位同学来，高的——徐明侠——坐在杜的床上，矮的——初济辰——坐在周的枕旁。周石松似乎还没十分醒好。大家都看着那微动的烛光，一声不响，像都揣着个炸弹似的，勇敢，又害怕，不敢出声。杜亦甫坐在屋中唯一的破藤椅上，压出一点声音来。

周石松要打哈欠，嘴张开，不敢出声，脸上的肉七扭八折的乱用力量，几乎怪可怕。杜亦甫在藤椅上轻轻扭动了两下，看着周石松的红嘴慢慢的并拢起来，才放了心。

徐明侠探着头，眼睛睁得极大，显出纯洁而狡猾，急切的问："什么事？"

初济辰抬着头看天花板，态度不但自然，而且带出点傲慢狂放来，他自居为才子。

"有紧要的事！"杜亦甫低声的回答。

周石松赶紧点头，表示他并不傻。更进一步的为表示自己精细，他问了句："好不好把毯子挂上，遮住灯光；省得又教走狗们去报告？"

谁也没答碴儿，初才子嗤的笑了一声，像一个水点落在红铁上。

杜亦甫又在椅子上扭动了一下。他长得粗眉大眼，心里可很精细；他的精细管拘住他的热烈，正像个炸弹，必须放在极合适的地方才好爆发。大学二年级的学生，功课，能力，口才，身体，都不坏。父亲是国术馆的教师，有人说杜亦甫也有些家传的武艺，他自己可不这么承认；为使别人相信，他永远管国术叫作："拿好架子，等着挨揍。"他不大看得起他的父亲，每逢父子吵了嘴，他很想把老人叫作"挨揍的代表"，可是决不对别人公然这么说。

夜间十二点，他们常开这样的小组会议。夜半，一豆灯光，语声低重，无论有无实际的问题来讨论，总使他们感到兴奋，满意。多多少少不平与不满意的事，他们都可以在这里偷偷的用些激烈的言语来讨论，想办法。他们以为这是把光藏在洞里，不久，他们会炸破这个洞，给东亚放起一把野火来，使这衰老的民族变成口吐火焰的怪兽。他们兴奋，恐惧，骄傲，自负，话多，心跳得快。

杜亦甫是这小团体的首领。"有紧要的事！"他又说了一句。看大家都等待着他解释，他向前探了探身，两脚妥实的踩在地上，好使他的全身稳当有力："和平就是屈服，我们不能再受任何人的骗！刀放在脖子上——是的，刀已经放在我们的脖子上了——闭眼的就死，还手的生死不定，丧去生命才有生命，除了流血没有第二条路，没有！我们不能坐以待毙，去预备流血，给自己造流血的机会！我们是为流血而来的！"

"假如我们能造成局部的惨变，"周石松把被子往上拉了拉，"而结果只是局部的解决了，岂不是白流自家的血，白死一些好人——"

"糊涂人！"初才子矫正着。

"啊，糊涂人，"周石松心中乱了一些。"我说，岂不是，没用，没多大的用？"

徐明侠的眼中带着点泪光，看着杜亦甫，仿佛已知道杜亦甫要说什么，而欢迎他说。

杜亦甫要笑一下，可是极快的想起自己是首领，于是拿出更郑重的样子，显出只懂得辩驳，而一点也不小看人："多一个疮口就多使人注意点他的生命。一个疮，因为能引起对全身的注意，也许就能救——能救！不是能害——一条命！一个民族也如是！我们为救民族，得给它去造疮口！"

"由死亡里学会了聪明！"初济辰把手揣到袖子里去。

徐明侠向杜亦甫点头，向初才子点头，眼睛由这个看到那个，轻送着泪光，仿佛他们的话都正好打在他的心坎上，只有佩服，同情，说不出来话。

周石松对着烛光愣起来。

"老周你先不必怕！"徐明侠也同情于老周，但是须给他一点激动。

"谁怕？谁怕？"周石松的脸立刻红了一块，语声超出这种会议所允许的高度。"哪回事我落在后边过？难道不许我发言吗？"

"何必呢，老周？"杜亦甫的神气非常的老到，安详，恳切，"你顾虑得对！不过——"

"有点妇人之仁！"初才子极快的接过去。

"不准捣蛋！"杜亦甫镇吓着初济辰。

周石松不再说什么。

"谁也知道，"杜亦甫接入了正文，"战争需要若干若干准备，不是专凭人多就能制胜的。不过，说句不科学的话，勇气到底还是最要紧的。勇气得刺激起来，正如军事需要准备。军事准备了没有？准备了什么？我们不知道。也许是真正在准备，也许是骗人。我们可是一定能作刺激起勇气的工作。造出流血的机会，使人们手足无措，战也死，不战也死，于是就有了战的决心。我们能作这个，应作这个，马上就得去作这个！局部的解决，也好，因为它到底是一个疮。人们不愿全身因此溃烂，就得去想主意！"

说罢，杜亦甫挺起身来，两脚似有千斤沉重，平放在地上。皱着粗眉，大眼呆呆的看着烛光，似乎心中思念已空，只有热血在身上奔流。

"是不是又教我拟稿，发传单？"初才子问。

"正是又得劳驾！"杜亦甫听出来才子话中的邪味，可是用首领所应有的幽默，把才子扣住："后天大市有香会，我们应去发些传单。危险的事，也就是去造流血的机会。教巡警抓去呢，没关系；若是和敌人们碰了头，就必出乱子——出乱子是我们的目的。大家都愿意？"

周石松首先举起手来。

徐明侠随着举起手，可是不十分快当；及至把手举好，就在空中放了好大半天。

"我去拟稿，不必多此一'举'了吧？"初才子轻轻的一笑。

"通过！"杜亦甫的脸上也微带出一点笑意。"初，你去拟稿子，明天正午交卷。老周你管印刷，后天清早都得印好。后天九点，一齐出发。是这样不是？"

徐明侠连连点头。

"记得好像咱们发过好几次传单了，并没流过血？"初济辰用眼角瞭了杜一下。

"那——"杜亦甫极快的想起一句话，到嘴边上又忘了。

"大而引起流血，小而散散我们的闷气，都好！事情没有白作了的！"徐明侠对杜亦甫说。

杜亦甫没找回来刚才忘掉的那一句，只好勉强的接过来徐明侠的："事情没有白作了的，反正有传单就有人看。什么——"

"啊——哈——"周石松的哈欠吞并了杜亦甫的语声。

"嗤！"徐明侠把食指放在唇上，"小点声！走狗们……"没说下半句，他猫似的跑到屋门那里，爬下去，耳朵贴着地，听了听。没听到什么，轻快的跑回来："好像听见有脚步声！"

"福尔摩斯！"初才子立起来："提议散会。"

杜亦甫拉了初济辰一把，两步跑到屋门那里，轻轻推开门，向外探着头，仔细的看了看："没人，散会；别忘了咱们的事！"

徐，初，轻轻的走出去。

周石松一下子钻进被窝去，蒙上了头。

杜亦甫独自呆看着蜡烛，好大半天；吹灭了蜡，随着将灭未灭的那一线余光，叹了口气。

躺下之后，他睡不着。屋里污浊的空气，夹杂着蜡油味，像可以摸到的一层什么油腻，要蒙在他的脸上，压住他的胸口，使他出不来气。想去开开窗子，懒得起来。周石松的呼声，变化多端，使人讨厌而又惊异。

起初他讨厌这个呼声，慢慢的转而羡慕周石松了——吃得饱，睡得熟，傻傻糊糊的只有一个心眼。他几乎有点恨自己不那么简单；是的，简单就必能直爽，而直爽一定就会快乐。

由周石松想到了初济辰——狂傲，一天到晚老把头扬到云里去。也可羡慕！狂傲由于无知，也许由于豪爽；无论怎说吧，初才子也快乐，至少比自己快乐。

想不出徐明侠那高个子有什么特点，也看不出他快乐不快乐。为什么？是不是因为徐明侠不那么简单，豪爽呢？自己是不是和徐害着一路病呢？

不，杜亦甫绝不能就是徐明侠。徐明侠有狡猾的地方，而自己，凭良心说，对谁向来不肯掏坏。那么，为什么自己不快乐呢？不错，家事国事天下事，没有一样足以使一个有志的青年打起精神，去笑一笑的。可是，一天到晚憋着一口丧气，又有什么用处呢？一个有作为的人，恐怕不专凭着一张苦脸而能成功吧？战士不是笑着去成仁取义么？

是不是自己根本缺乏着一点什么，一点像生命素的东西？想到这里，他把头藏在被子里去。极快的他看见了以前所作过的事，那些虚飘，薄小，像一些懒懒的雪花儿似的事。他的头更深藏了些，他惭愧，不肯再教鼻子吸到一些凉气，得闻着自己身上的臭味。那些事，缺乏着点什么，不能说，不能说，对不起那些事，对不起人，也对不起自己！他的头上见了汗！

睡吧，不要再想！再说，为什么这样小看自己呢？他的头伸出来，吸了一口凉气。睁着眼看屋中的黑暗，停止住思索。不久，心中松通了一些，东一个西一个的念头又慢慢的零散的浮上来，像一些春水中的小虫，都带着一点生气。为什么小看自己呢？那些事不是大学生所应作的么？缺乏着点什么，大家所作的不都缺乏着什么吗？那些事不见得不漂亮，自己作的不见得不出色，还要怎样呢？干吗不快乐呢？

心里安静了许多，再把头藏进去，暖气围着耳鼻，像钻入一间温室里去似的。他睡着了。

　　胡梦颠倒：一会儿，他梦见自己在荒林恶石之间，指挥着几百几千几万热血的男儿作战，枪声响成一片，如同夜雨击打着秋叶。敌人退了，退了；追！喊声震天，血似的，箭似的，血箭似的，一边飞走一边向四外溅射着血花。忽然，四面八方全是敌人，被包围起来，每个枪口都红红的向着他，每个毒狠凶恶的眼睛都看着他；枪口，眼睛，红的，白的，一点一点，渐渐的联成几个大圈，绕着他乱转。他的血凉起来，生命似藏在一把汗里，心里堵得难过，张开嘴要喊，喊不出来。醒了，迷迷糊糊的，似醒非醒，胸口还觉得发堵，身上真出了汗。要定神想一想，心中一软似的又睡去了。似乎是个石洞里，没有一点光，他和周石松都倒捆双臂，口中堵着使人恶心的一块什么东西。洞里似乎有蝙蝠来回扇着腥而凉的风，洞外微微的有些脚步响。他和周，都颤抖着，他一心的只盼望着父亲来救他们，急得心中发辣。他很惭愧，这样不豪横，没骨气，想求救于父亲的那点本事！但是，只有这个思念的里边含着一点希望……不是石洞了，他面对面的与父亲坐在一处，十分讨厌那老人，头脑简单，不识字，在国术馆里学来一些新名词，都用在错的地方！对着父亲，他心里觉得异常的充实，什么也不缺欠，缺欠都在父亲身上呢。

　　隐隐的听到起床钟，像在浓雾里听到散落的一两声响动似的。好似抱住了一些什么贵重的东西，弯着腰，蜷着腿，他就又睡着了。隐隐的又听到许多声音，使他厌恶，他放肆的骂出一些什么，把手仲出来，垫在脑袋底下；醒了。太阳上来老高，屋中的光亮使他不愿睁眼，迷迷糊糊的，懒懒的，乱七八糟的，记得一角儿梦景，不愿去细细追想，心中怪堵得慌，不是蹩着一点什么，就是缺乏着一点什么，说不清。打了极长的两个哈欠，大泪珠像虫儿似的向左右轻爬，倒还痛快。

　　起来，无聊；偶尔的误一两堂功课，不算什么；倒是这么无事可作，晃晃悠悠的，有些别扭。到外边散散步去，春风很小很尖，飕人们的脑子；可是墙角与石缝里都悄悄的长出细草芽，还不十分绿，显着勇敢而又乖巧似的。他很想往远处蹓蹓，腿可是不愿意动，那股子别扭劲儿又回来了，又觉到心中缺乏着一点什么东西，一点不好意思承认而又不能不承认的什么东西。他把手揣在袖子里，低着头，懒散的在院中走，小风很硬的撩着他的脑门儿。

　　刚走出不远，周石松迎面跑了来，跑得不快，可是样子非常的急迫。到了杜亦甫面前，他张开嘴，要说什么，没有说出来，脸上硬红硬白的像是受了极大的惊恐。

"怎了？"杜亦甫把手伸下去，挺起腰来。

"上岸了，来了，我看见了！"周石松的嘴还张着，但是找不到别的话说。

"谁？"

"屋里去说！"周石松没顾得杜亦甫怎样，拿起腿就跑，还是小跑着，急切而不十分的快。快到宿舍了，他真跑起来。

杜亦甫莫名其妙的在后面跟着，跑也不好，不跑也不好，十分的不好过；他忽然觉得周石松很讨厌，不定是什么屁大的事呢，就这样见神见鬼的瞎闹。到了屋里，他几乎是含着怒问：

"到底怎回事？"

"老杜，你不是都已经知道？"周石松坐在床沿上，样子还很惊慌。

"我知道什么？"杜亦甫瞪着眼问。

"昨天夜里，"周石松把声音放低，赶紧立起来，偏着头向杜亦甫低切的嘀咕，"昨天夜里你不是说刀已经放在脖子上了？你怎会不知道？！"

"我什么也不知道，真不知道！你要不说，我可就还出去绕我的弯儿，我觉得身上不大合适，不精神！"杜亦甫坐在了破藤椅上，心中非常的不耐烦。

"好吧，你自己看吧！"周石松从袋中掏出不大的一张"号外"来，手哆嗦着，递给了杜亦甫。把这张纸递出去，他好像觉得除去了块心病似的，躺在床上，眨巴着眼睛看杜亦甫。

几个丑大的黑字像往杜亦甫的眼里飞似的，刚一接过报来，他的脸就变了颜色。这几个大字就够了，他安不下心去再细看那些小的。"老周，咱们的报纸怎么说，看见了吗？"

"看见了，一字没提！"

"一字没提？一字没提。"杜亦甫眼看着号外，可并没看清任何一字。"那么这个消息也许不确，造空气吓人。"

"我看见了！亲眼看见了！"周石松坐起来，嘴唇有些发干似的，直用舌尖来回舐。"铁甲车，汽车，车上的兵都抱着枪，枪口朝外比画着！我去送徐明侠。"

"他上哪儿？"

"回家，上汽车站！"周石松的脸红得很可怕。"这小子！他知道了，可一声儿也不出，像个会掏坏的狗熊似的，轻轻的，人不知鬼不觉的逃走了。他没说什么，只求我陪他上趟街；他独自不敢出去！及至到了汽车站，他告诉我给他请两天假，还没说别的。我独自往回走，看见了，看见了，原来是这么回事！我急忙回来找你，你必有办法；刀真搁在脖子上了，我们该怎办呢？"

杜亦甫不想说话，心中很乱，可是不便于愣起来，随便的说了声："为什么呢？"

"难道你没看见那些字？我当是你预先知道这回事，想拚上命呢！拿来，我念！"他从杜亦甫的手里抢过号外来，急忙的舐了下嘴唇：

"特务机关报告：'祸事之起，起于芝麻洲大马路二十一弄五十二号。此处住有我侨商武二郎，年五十六岁，独身。此人养德国种狼狗一条：性别，雌；毛色，灰黄；名，银鱼。银鱼于二月前下小狗一窝：三雄一雌，三黄一黑，均肥健可喜。不幸，一周前，黑小狗在门外游戏，被人窃去。急报芝地警所，允代寻觅，实则敷衍无诚意。武二郎乃急来特务机关报告，即遣全部侦探出发寻查。第一日无所获，足证案情之诡秘严重。翌日清晨，寻得黑小狗于海滨，已死。黑小狗直卧海滨，与早潮成丁字形，尾直伸，时被浪花所掩，为状至惨！
面东向，尚睁二目，似切盼得见朝阳者。腹胀如鼓，项
上有噬痕，显系先被伤害，而后掷入水中者，岸沙上有
足迹。查芝地养犬者共有一万三千五百六十二家，其中
有四千以上为不满半岁之小狗，二千以上为哈巴狗，均
无咬毙黑小狗之能力。此外，则均为壮实大犬，而黑小
狗之伤痕实为此种大犬所作。乃就日常调查报告，检出
反抗我国之激烈分子，蓄有巨犬，且与武二郎为邻者，
先加以侦察。侦察结果，得重要嫌疑犯十人，即行逮捕
拷问，所蓄之犬亦一并捉到。此十人者，既系激烈分
子，当然狡猾异常，坚不吐实。为促其醒悟，乃当面将
十巨犬枪决。芝地有俗语：鸡犬不留；故不惜杀狗以警
也。狗血四溅，此十人者仍顽抗推赖。同时，芝地官吏
当有所闻，而寂寂无一言，足证内疚于心，十人身后必
有广大之背景。设任其发展，则黑小狗之血将为在芝我
国国民之前导，由犬及人，国人危矣！'"周石松念的
很快，念完，头上见了汗："为了一只小狗！"

"往下念！"杜亦甫低着头，咬着牙。

"没什么可念的了，左不是兵上岸，来屠杀，来恐
吓，来肃清激烈人物与思想，来白找便宜！"周石松几

乎是喊着。"我们怎办呢？流血的机会不用我们去造，因为条狗——哼！狗——就来到了！"他的声音仿佛噎住了他的喉，还有许多话，但只能打了两个极不痛快的嗝儿。

"老初呢？"杜亦甫无聊的，想躲避着正题而又不好意思愣起来，这么问了一声。看周石松没回答，他搭讪着说："我找他去。"

不大的工夫，杜和初一同进来。初济辰的头还扬着，可是脸色不大正，一进门，他向周石松笑了笑，笑得很不自然。

"你都知道了，老初？"周石松想笑，没能成功，他的脸上抽动了两下，像刚落上个苍蝇那样。

没等初济辰开口，杜亦甫急忙的说："老初，别再瞎扯，咱们得想主意！徐明侠已经溜了，咱们——"

"我听天由命！"初济辰眼看天花板，手揣到袖子里。"据我看呢，战事决不会有，因为此地的买卖都是他们的，他们开炮就轰了他们自己的财产建设，绑去像你我这样的一些人，羞辱一场，甚至杀害几个，倒许免不了的。他们始终以为我们仇视他们，只是几个读过书的人所要弄的把戏，把这几个激烈分子杀掉或镇吓住，就可以骑着我们脖子拉屎，而没人敢出一声了。我等着就是了，我自己也许有点危险，战争是不会有的，不会！"

"你呢？老杜？"周石松看初才子软下去，气儿微索了些。"我听你的，你说去硬碰，我随着。老初说不会有战事，我看要是有人硬碰，大概就不会和平了结。你昨天说的对，和平就是屈服，只为了一条狗，一条狗；这么下去还有完吗？"

杜亦甫低下头去，好大半天没说出话来。一点也不用再疑惑了，他心中承认了自己的的确确缺乏着一点什么，这点缺欠使他撑不起来昨天所说的话。他抬不起头来，不能再辩论，在两个同志面前，除了承认自己的缺欠，别无办法。这极难堪，可是究竟比再胡扯与掩饰要强的多！他的嘴唇动了半天，直到眼中湿了，才得到张开的勇气："老初！老周！咱们也躲一躲吧！这，这……"他的泪落下来。

周石松的心软，眼圈也红了。他有许多话要质问杜亦甫，每句话都得使杜亦甫无地自容，所以他一句也不说了。他觉得随着杜亦甫一同去死或一同去逃，是最对得住人的事，不愿再问应死还是应逃的道理。不好意思对杜亦甫说什么，他转过来问初济辰："你呢？"

"你俩要是非拉着我不可呢，就一同走；反之，我就在这儿死等，等死！"初济辰又笑了笑。

"还有人上课吗？"杜亦甫问，眼瞭了外边一下。

"有！"初济辰回答，"大家很镇定！"

"街上的人也并不慌。"周石松找补上。

"麻木不仁！"杜亦甫刚说出这个，马上后悔了，几乎连头皮全红了起来。

初济辰把要说的话咽了下去。

仿佛为遮羞，杜亦甫提议："上我家去，好不好？一时哪能找到合适的地方？家里窄蹩一点，可是。"

"先不用忙吧，我看，"初济辰很重的说，"搜查是可能的，可是必在夜里，他们精细得要命：昨天夜里，也就是三点来钟吧，我醒了，看走廊的灯也全灭了，心中很纳闷。起来，我扒着窗子往外看，连街上也没了灯亮。往上运军火呢，必是。他们白天用枪口对着你，运军火可得灭了灯。精细而矛盾。可是，无论怎说吧，他们总想精细就是了。我们若是有走的必要，吃完晚饭再去，决不迟。在这后半天，我们也好采采消息，看看风头，也许事情还不至于那么严重，谁知道。"

"对！"杜亦甫点了点头，可是问了周石松一句：

"你呢？"

"怎办都好，我听你们的！假若你们说去硬碰……"看了杜亦甫一眼，他把话打住了。

后半天的消息越来越坏了，什么样的谣言也有，以那专为造谣惑乱人心的"号外"为主，而随地的补充变化。学校的大钟还按时候敲打，可是课堂上没有多少人了。街上的铺户也还照旧的开着，连买的带卖的可都有点不安的神气。大家都不慌，不急，不乱，只是无可如何的等着一些什么危险。不幸，这点危险要是来到头上呢，谁也没办法，没主意。在这种不安，无可如何，没办法的心境中，大家似乎都希望着侥幸把事情对付过去，在半点钟内若是没有看见铁甲车的影子，大家的心就多放下一点去。

可是，消息越来越坏。连见事比较明彻的初济辰也被谣言给弄得撑不住劲儿了。他几乎要放弃他所观察到的，而任凭着感情去分担大家的惊恐与乱想。

周石松还有胆子到外面买"号外"，他把最坏的消息给杜亦甫带了来："矫正以往的因循！断然的肃清破坏两国亲善的分子！"这类的标题都用丑肿的大字排印出来，这些字的本身仿佛就能使人颤抖。捕了谁去，没有登载，但无疑的已经有大批的人被捕。这，教杜亦甫担心他的父亲。要捕人，国术馆是必得照顾到的，它一向是眼中的钉，不因为它实际上有什么用处，而是因为它提倡武艺，"提倡"就是最大的罪名。杜亦甫飞也似的去打电话，国术馆的电话已经不通。无疑的，一定出了事，极快的，由父亲想到了自己；父亲若是已经被捕，自己便也很难逃出去；人家连狗的数目调查得都那么清楚，何况是人呢，何况是大学学生呢，又何况是学生中的领袖呢！他愤恨，切齿，迷乱，没办法。他只想跺着脚痛骂一场，哪怕是骂完了便千刀万剐呢，也痛快。这是还有太阳的世界？这是个国家么？问谁呢？没人能回答他，只有热血足以洗去这种污辱！怎么去流血呢？

"老周！"他喊了声："我——我——"嗓子像朵受了热气的花似的，没有一点声响便软下去。

"怎样？"周石松问。

待了好大半天，杜亦甫自言自语的："没办法！"

一直到晚餐的时候，杜亦甫没有出屋门。他背着手在屋里来回走，有时候也躺在床上一会儿，心中不断的思索：一会儿他想去拚命，这不是人所能忍受的，拚了命，也许一点好处没有，但究竟是自己流了血，有一个敢流血的就不能算国里没有人。一会儿他又往回想，白死有什么用处，快意一时，拿自己这一点点血洒在沙漠上，连点血痕也留不下吧？他思索，一刻不停的思索，越想越乱，越不得主意。他仍然不肯承认他害怕，可是无论怎样也找不到去干点什么的勇气。

草草的扒搂进去两口饭，他急忙的又跑回宿舍来，好像背后追随着个鬼似的。天黑了，到了该走的时候。可是父亲设若已被拿去，家里怎能是安全的地方呢？在学校里？初济辰说的对，晚上必定来捉人！天黑一点，他的心便紧一点，他没想到过自己会能这样的慌张，外边的黑影好像直往前企扈，要把他逼到墙根去，慢慢的把他挤死。

好容易初济辰和周石松都来了，他的胸中松了一口气。怎办呢？初和周都没主意，而且很有留在校里的勇气。他不能逼着他们走，他既是说不出地方来。往外边看了一眼，院中已黑得可怕。初济辰躺在了周石松的床上，半闭着眼仿佛想着点什么事。周石松坐在破藤椅上，脸上还有点红，可是不像白天那么慌张了。杜亦甫靠窗子立着，呆呆的看着外面的黑暗。待了一会儿，把黑暗看惯了，他心中稍微舒服了一些。那大片的黑暗包着稀疏的几点灯光，非常的安静。黑得仿佛有些近于紫茸茸的，好像包藏着一点捉摸不定而可爱的什么意思或消息，像古诗那么纯朴，静恬，含着点只能领略而道不出的意思。心中安静了一些，他的想象中的勇气又开始活动。他想象着：自己握着一把手枪，哪怕是块石头呢也好，轻手蹑脚的过去，过去，一下子把个戴铁盆的敌人打得脑浆迸裂！然后，枪响了，火起来，杀，杀，无论老幼男女全出来厮杀，即使惨败，也是光荣的，伟大的人民是可杀而不可辱的！

　　正这么想着，一道白闪猛孤仃的把黑暗切成两块，像从天上落下一把极大的白刃。探海灯！白光不动，黑影在白光边上颤动，好似刚杀死的牲口的肉那样微动。忽然，极快的，白光硬挺挺的左右摆动了两下，黑影几乎来不及躲避，乱颤了几下，无声的，无可如何的，把地位让给了白光。忽然，白光改为上下的动，黑影默默的，无可如何的任着戏弄；白光昂起，黑影低落；白光追下来，黑影躲到地面上，爬伏着不动。一道白光，又一道白光，又一道白光，十几条白光一齐射出，旋转，交叉，并行，冷森森，白亮亮，上面遮住了星光，下面闪扫着楼房山树，狂傲的，横行的，忽上忽下，忽左忽右，忽然联成一排，协力同心的扫射一圈，把小小的芝麻洲穿透，照通，围起来，一块黑，一块白，一块黑，一块白，一切都随现随灭，眩晕，迷乱，在白光与黑影中乱颤乱晃。

一道光闪到了杜亦甫的窗上，稍微一停，闪过去了；接着又是一道，一停，又过去了。他扶住了窗台，闭上了眼。

周与初全立起来，呆呆的看着，等着，极难堪的，不近情理等着，期待着。可怕，可爱，这帝国主义舞场的灯光拿山与海作了舞台，白亮亮的四下里寻找红热的血。黑的海，黑的山，黑的楼房，黑的松林，黑的人物，全潜伏着，任凭这几条白光来回的详细的找合适的地方，好轰炸与屠杀。

等着，等着，可是光不再来了，黑暗，无聊，只有他们三人的眼里还留着一点残光，不很长，不很亮，像月色似的照在窗上。初济辰先坐下了。杜亦甫极慢的转过身来，看了周石松一眼，周石松像极疲乏了似的又坐在藤椅上。杜亦甫用手摸到了床，坐下，舐了舐嘴唇。

老久，谁也没话可讲，心中都想着刚才那些光的游戏与示威。忽然，初济辰大声的笑起来，不知道为什么，他只觉得一阵颤动，全身都感到痛快。笑够了，他并上嘴；忘了，那阵笑好像已经是许久以前的事了。

"我一点也不恼你，我真可笑！"杜亦甫低着头说。

"他没笑你，老杜！"周石松很欢迎有人说句话。

初济辰没言语，像是没听见什么似的。

"不管他笑我没有，我必须对你们俩说出来，要不然我就憋闷死了！"杜亦甫把头抬起来，看着他们。"我无须多说什么，只有俩字就够了：我怯！"

"以卵击石，勇敢也是愚昧！"初济辰笑了笑。

"即使你说的一点不错，到底我还是怯！"杜亦甫的态度很自然了，像吃下一料泻药，把心中的虚伪全打净了似的。

"我也说不上我是怯，还是勇，反正我就是没主意！"周石松也微笑了一下。

全不再言语了，可是不再显着寂寞与难堪，好像彼此已能不用言语传达什么，而能默默的互相谅解。

他们就那么坐了一夜。

第二天，消息缓和了许多。杜亦甫回了家。他急于要看看父亲，不管父亲是受了惊没有，也并不是要尽什么孝道，而几乎是出于天真一点什么，和小孩受了欺侮而想去找父亲差不多。平日他很看不起父亲，到现在他还并没把父亲的身份提高多少，不过他隐隐的似有一点希冀，想在父亲身上找出一些平日被他忽略了的东西。这点东西，假若能找到，仿佛就能教他有一种新的希望，不只关乎他们父子，而几乎可以把整个民族的问题都拉扯在内。这样的拉扯是可笑的，可是他一时像迷了心窍似的，不但不觉得可笑，反而以为这是个最简单切近方便的解决问题的方法。只须一见到父亲，他就马上可以得到个"是"或"不"；不管是怎样，得到这个回答，他便不必再悬着心了。

他不愿绕着弯儿去原谅自己，可也不愿过火的轻看自己，把事情拉平了看，他觉得他的那点教育使他会思索，会顾虑，会作伪，所以胆小。他得去拿父亲证实了这个。父亲不识字，不会思索顾虑与作伪，那么就天然的应当胆粗气壮。可是，父亲到底是不是这样呢？假若父亲是这样，那么，他便可以原谅自己，而且得到些希望。这就是说，真正有骨气的倒是那不识字的人们，并不必等着几个读书人去摇旗呐喊才挺起胸来——恰恰和敌人们所想的相反。果然要是这样，这是个绝大的力量。反之，那便什么也不用再说，全民族统统是挨揍的货了！他得去看父亲，似乎民族兴亡都在这一看中。可笑，谁管，他飞也似的回了家。

　　只住着楼上两间小屋，屋外有个一张桌子大小的凉台，杜老拳师在凉台上坐着呢。一眼看到儿子，他赶紧立起来，喊了声："你来了？正要找你去呢！"

　　杜亦甫一步跳三层楼梯，一眨眼，微喘着立在父亲跟前。他找不到话讲，可是心中极痛快，自自然然的看着父亲：五十七八岁，矮个子；圆脸，黑中透亮，两眼一大一小，眼珠都极黑极亮，微笑着，两只皮糙骨硬的手在一块搓着："想你也该来了！想你也该来了！坐下！"把椅子让给了杜亦甫，老人自己愿意立着。杜亦甫进去，又搬出一把椅子来。父子都坐下，老人还搓着手："差点没见着你，春子！"他叫着儿子的乳名："我让他们拿去了！"老人又笑了，一大一小的俩眼眨巴的很快。

　　"没受委屈？"杜亦甫低声的问。

　　"那还有不受委屈的？"老人似乎觉得受委屈是可笑的事，又笑了。"你看，正赶上我值班，在馆里过夜。白天本听到一些谣言，这个的，那个的，咱也没往心里去。不到十点钟我就睡了，你知道我那间小屋？墙上挂着单刀，墙角立着花枪？一躺下我就着了。大概有十二点吧，我听见些动静，可没大研究，心里说，国术馆还能闹贼？我刚要再睡，我的门开了，灯也捻着了，一看，是伙计王顺。王顺干什么？我就问。王顺没言语，往后一闪身，喝，先进来一对刺刀。我哈哈的笑起来了，就凭一对刺刀，要我的命还不大老容易；别看我是在屋子里！紧跟着刺刀，是枪，紧跟着枪，是一对小鬼子，都戴着小铁盆，托着枪冲我来了。我往后望望，后边还有呢，都托着枪，戴着小铁盆。我心里就一研究，我要是早知道了信，我满可以埋伏在门后边，就凭我那口刀，进来一个宰一个，至少也宰他们几个。我太晚了，十几支快枪把我挤在床上，我连伸手摸刀的工夫也没有哇。我看了看窗户，也不行，洋窗户，上下都扣着呢，我跑不了。好了，研究不出道儿来，我就来文明的吧，等着好了，看他们把我怎样了！幸而我老穿着裤褂睡觉，摸着大棉袍就披上了，一语不发。进来一个咱们的人，狗娘养的，汉奸！他教我下来，跟着走。我没言语，只用手背一撩，哼，那小子的右脸上立刻红了一块。他一哎哟，刺刀可就把我围上了，都白亮亮的，硬梆梆的，我看着他们，不动，也不出声。那些王八日的唧里骨碌不知说了些什么，那个狗娘养的捂着脸又过来了，教我下来，他说到院里就枪毙了我。我下来了，狗娘养的赶紧退出老远，怕我的手背再撩他。一个王八日的指了指我的刀，狗娘养的教我抱着刀，他说：抱着你的刀，看你的刀能救了你的命不能。这是成心耍弄我，我知道；好，我就抱着我的刀。往外走吧，脊背上，肋条上，全是刺刀，我只要一歪身，大概就得有一两把插到肉里去。我挺着胸，直溜溜的走。走到院里，我心里说，这可到了回老家的时候了。我那会儿，谁也没想，倒是直想你，春子。我心里就这么研究，王八日的杀了我，我有儿子会报仇呀。"老人笑了笑，缓了口气，亲热的看了儿子一眼。"反正咱们和王八日的们是你死我活，没个散儿。我不识文断字，可是我准知道这个。果不其然，到院里那个狗娘养的奉了圣旨似的教我跪下。我不言语，也不跪下，心里说，开枪吧，小子们，把你太爷打成漏勺，不用打算弯一弯腿！两个王八日的看我不跪，由后面给了我两枪靶子，哼，心里说，你俩小子还差点目的，太爷不是这么容易打倒的。见我不倒，一个王八日的，也就是像你离我这么远儿，托起枪来，

瞄我的胸口，我把胸挺出去。啪！响了。连我都纳闷
了，怎么还不倒下呢？那些王八羔子们笑起来，原来
是空枪，专为吓吓我。王八羔子们杀人，我告诉你，春
子，决不痛痛快快的，他们拿你当个小虫子，翻来覆去
的揉搓你，玩够了再杀；所以我看见他们就生气，他们
狠毒，又坏！"老人不笑了，连那只小一点的眼也瞪起
来，似乎是从心里憎恶那些王八羔子们。

"那个狗娘养的又传了圣旨，"老人接着说，"带回
去收拾，反正早晚你得吃上一颗黑枣。我还是不言语，
我研究好了，就是不出一声，咱们谁得手谁杀，用不着
费话；是不是，春子？"

杜亦甫点了点头，没有话可说。

"出了大门，"老人又说下去，"他们还好，给我预
备的大汽车，就上了车。还抱着刀，我挺着腰板，教他
们看看，太爷是没得手，没能把刀切在你们脖子上，好
吧，你们的枪子儿我也不怕！你们要得了我的命，可要
不了我的心气；这是一口气，这口气由我传给我的儿子
孙子，永远不能磕膝盖儿着土！我这么研究好了，就看
他们的瞄准吧！到了个什么地方，黑灯瞎火的我也没看
清是哪里。这里听不见别的，齐噔咯噔的净是皮鞋响。

他们把我圈在一间小屋里，我就坐在地板上闭眼养神，等着枪毙。我没有别的事可想，就是恨我的刀没能出鞘。他们人多，枪多，我不必挣蹦，白费力气干吗。我等着好了，死到临头，我得大大方方的，皱皱眉就不算练过工夫。是不是，春子？"

杜亦甫又点了点头。

"待了不知好久，"老人又搓起双手来，仿佛要表演出那时怎样的不耐烦。"他们把我提到一间大厅上去，灯光很亮，人也不少，坐的是官儿，立着的是兵。他们又教我跪下，我还是不出声，也不跪。磨烦了半天，他们没有了主意，刺刀可就又戳在我胸口上，我不动，纹丝不动，眼皮连抬也不抬；哼，杀剐随便，我就是不能弯腿！慢慢的，刺刀挪开了，他们拿出一张字纸来教我看，我闭上了眼。我那天夜里就说了一共这么三个字：'不认字！'他们问我那些字——他们管它叫什么'言'呀，我记不清了——什么意思？我不出声。又问，那是我画的押，签的名，不是？我还是不出声。我心里说，这回真该杀我了，痛快点吧！我犯了什么罪？没有。凭什么他们有生杀之权？没道理。我就这么寻思着，他们无缘无故的杀了我，我的儿孙以后会杀他们，这叫作世仇。我一点也不怕呢，我可就怕后辈忘了这点事儿。俗语说的好，冤仇应解不应结，可那得看什么事，就这么胡杀乱砍呀，这点仇不能白白的散了！这并不是我心眼小，我是说，人生在世不能没骨头，骑着脖子拉屎，还教我说怪香的，我不能！你看，果然，他们又把枪举起来了，我看见过，甭吓唬谁！他们装枪子，瞄准儿，装他妈的王八羔子，气派大远了去啦。其实，用不着，我不怕，你可有什么主意呢？比画了半天，哼，枪并没放。又把我送回小屋里去了。什么东西！今个天亮的时候，他们也不是怎么，把我放了，还仿佛怪客气的，什么玩艺儿！我不明白这是哪一出戏，你来的时候，我还正研究呢。一句话抄百总吧，告诉你，春子，咱们得长志气，跟他们干，这个受不了！我不认字，不会细细的算计，我可准知道这么个理儿，只要挺起胸脯不怕死，谁也不敢斜眼看咱们！去泡壶茶喝好不好？"

杜亦甫点了点头。

# 东 西

晚饭吃过了好久，电报还没有到；鹿书香和郝凤鸣已等了好几点钟——等着极要紧的一个电报。

他俩是在鹿书香的书房里。屋子很大，并没有多少书。电灯非常的亮，亮得使人难过。鹿书香的嘴上搭拉着支香烟，手握在背后，背向前探着些；在屋中轻轻的走。中等身材，长脸，头顶上秃了一小块；脸上没什么颜色，可是很亮。光亮掩去些他的削瘦；大眼，高鼻梁，长黑眼毛，显出几乎是俊秀的样子。似乎是欣赏着自己的黑长眼毛，一边走一边连连的眨巴眼。每隔一会儿，他的下巴猛的往里一收，脖子上抽那么一下，像噎住了食。每逢一抽，他忽然改变了点样儿，很难看，像个长脸的饿狼似的。抽完，他赶快又眨巴那些黑美的眼毛，仿佛为是恢复脸上的俊秀。

烟卷要掉下来好几回，因为他抽气的时候带累得嘴唇也咧一咧；可是他始终没用手去扶，没工夫顾及烟卷。烟卷到底被脖子的抽动给弄掉了，他眨巴着眼用脚把它揉碎。站定，似乎想说话；脖子又噎了一下，忘了说什么。

郝凤鸣坐在写字台前的转椅上，脸朝着玻璃窗出神。他比鹿书香年轻着好些，有三十五六岁的样子，圆头圆脸圆眼睛，有点傻气，可是傻得挺精神，像个吃饱了的笨狗似的。洋服很讲究，可是被他的面貌上体态减少了些衣服的漂亮。自膝以下都伸在写字台的洞儿里，圆满得像俩金橘似的手指肚儿无声的在膝上敲着。他早就想说话，可是不便开口。抽冷子院中狗叫了一声，他差点没由转椅上出溜下去，无声的傻笑了一下，向上提了提身子，继续用手指敲着膝盖。

在饭前，虽然着急，还能找到些话说；即使所说的不都入耳，也愿意活动着嘴唇，掩饰着心中的急躁。现在，既然静默了许久，谁也不肯先开口了，谁先开口仿佛就是谁沉不住气。口既张不开，而着急又无济于事，他们都想用一点什么别的事岔开心中的烦恼。那么，最方便的无过于轻看或甚至于仇视面前的人了。郝凤鸣看着玻璃，想起自己当年在英国的一个花园里，伴着个秀美的女友，欣赏着初夏的樱花。不敢顺着这个景色往下想，他瞭了鹿书香一眼——在电灯下立着，头顶上秃的那一块亮得像个新铸的铜子。什么东西！他看准了这个头上秃了一块的家伙。心中咒骂，手指在膝盖上无声的击节：小小的个东洋留学生，人模狗样的竟自把个地道英国硕士给压下去，什么玩艺！

郝凤鸣真是不平，凭自己的学位资格，地道西洋留学生，会来在鹿书香这里打下手，作配角；鹿书香不过上东洋赶过几天集，会说几个什么什么"一马司"！他不敢再想在英国时候那些事，那些女友，那些志愿。过去的一切都是空的。把现在的一切调动好了才算好汉。是的，现在他有妻小，有包车，有摆着沙发的客厅，有必须吃六角钱一杯冰激凌的友人……这些凑在一块才稍微像个西洋留学生，而这一切都需要钱，越来越需要更多的钱。为满足太太，为把留学生作到家，他得来敷衍向来他所轻视的鹿书香，小小的东洋留学生！

他现在并非没有事作，所以他不完全惧怕鹿书香。不过，他想要进更多的钱，想要再增高些地位，可就非仗着鹿书香不可。鹿书香就是现在不作事，也能极舒服的过活，这个，使他羡慕，由羡慕而忌妒。鹿书香可以不作事而还一天到晚的跳腾，这几乎是个灵感；鹿书香，连鹿书香还不肯闲着，郝凤鸣就更应当努力；以金钱说，以地位说，以年纪说，他都应当拚命的往前干，不能知足，也不许知足。设若光是由鹿书香得到这点灵感，他或者不会怀恨，虽然一向看不起这个东洋留学生。现在，他求到鹿书香的手里，他的更好的希望是仗着鹿书香的力量才能实现，难堪倒在其次，他根本以为不应当如此，一个西洋留学生就是看洋楼也比留东洋的多看见过几所，先不用说别的！他不平。可是一时无法把他与鹿书香的上下颠倒过来。走着瞧吧，有朝一日，姓郝的总会教鹿书香认识清楚了！

又偷偷看了鹿书香一眼，他想起韵香——他的太太。鹿书香的叔伯妹妹。同时，他也想起在英国公园里一块玩耍的那个女郎，心中有点迷糊。把韵香与那个女郎都搀在一处，仿佛在梦中那样能把俩人合成一个人，他不知是应当后悔好，还是……不，娶了就是娶了，不便后悔；韵香又清楚的立在目前。她的头发，烫一次得十二块钱；她的衣服，香粉，皮鞋，手提包……她可是怪好看呢！花钱，当然得花钱，不成问题。天下没有不费钱的太太。问题是在自己得设法多挣。想到这儿，他几乎为怜爱太太而也想对鹿书香有点好感。鹿书香也的确有好处：永远劝人多挣钱，永远教给人见缝子就钻……郝凤鸣多少是受了这个影响，所以才肯来和他一同等着那个电报。有这么个大舅子，正如有那么个漂亮的太太，也并不是件一希望就可以作到的事。到底是自己的身份；当然，地道留英的学生再弄不到这么点便宜，那还行！

即使鹿书香不安着好心，利用完了个英国硕士而过河拆桥，郝凤鸣也不怕，他是鹿家的女婿，凭着这点关系他敢拍着桌子，指着脸子，和鹿书香闹。况且到必要的时候，还可以把韵香搬了来呢！是的，一个西洋留学生假若干不过东洋留学生的话，至少一个妹夫也可以挟制住个大舅子。他心中平静起来，脸上露出点笑容，像夏天的碧海，只在边岸上击弄起一线微笑的白花。他闭上了眼。

狗叫起来，有人去开大门，郝凤鸣猛的立起来，脸上忽然发了热。看看窗外，很黑；回过头来看鹿书香，鹿书香正要点烟，右手拿着火柴，手指微微的哆嗦；看着黑火柴头，连噎了三口气。

张顺推门进来，手里拿着个白纸封，上面画着极粗的蓝字。亮得使人难过的电灯似乎把所有的光全射在那个白纸封儿上。鹿书香用手里的火柴向桌上一指。等张顺出去，他好像跟谁抢夺似的一把将电报抓到手中。

郝凤鸣不便于过来，英国绅士的气派使他管束住心中的急切。可是，他脸上更热了。这点热气使他不能再呆呆的立候，又立了几秒钟，他的绅士气度被心中的热气烧散，他走了过来。

鹿书香已把电报看了两遍，或者不止两遍，一字一字的细看，好像字字都含着些什么不可解的意思。似乎没有可看的了，他还不肯撒手；郝凤鸣立在他旁边，他觉得非常的可厌。他一向讨厌这个穿洋服的妹夫，以一个西洋留学生而处处仗着人，只会吃冰激凌与跳舞，正事儿一点也不经心。这位留学生又偏偏是他的妹丈，为鹿家想，为那个美丽的妹妹想，为一点不好说出来的嫉妒想，他都觉得这个傻蛋讨厌，既讨厌而又幸运；他猜不透为什么妹妹偏爱这么个家伙，妹妹假若真是爱他，那么他——鹿书香——似乎就该讨厌他，说不出道理来，可是只有这么着心里才舒服一点。他把电报扔在桌子上，就手儿拿起电报的封套来，也细细的看了看。然后，似乎忘了郝凤鸣的讨厌，又从郝的手里看了电报一

遍，虽然电报上的几个字他已能背诵出来，可还细心的
看，好似那些蓝道子有什么魔力。

郝凤鸣也至少细细看了电报两遍。觉出鹿书香是紧
靠在他的身旁，他心中非常憋闷得慌：纸上写的是鹿书
香，身旁立着的是鹿书香，一切都是鹿书香，小小的东
洋留学生，大舅子！

"怕什么偏有什么，怕什么……"鹿书香似乎没有力
量说完这句话，坐下，噎了口气。

"可不是。"郝凤鸣心中几乎有点快活，鹿书香的失
败正好趁了他的心愿，不过，鹿的失败也就是自己的失
败，他不能完全凭着情感作事，他也皱上了眉。

鹿书香闭上了眼，仿佛极疲倦了似的。过了一会
儿，脸上又见了点血色，眼睛睁开，像和自己说似的：
"副局长！副——局长！"

"电码也许……"郝凤鸣还没有放手那个电报，开始
心里念那些数目字，虽然明知一点用处没有。

"想点高明的会不会！"鹿书香的话非常的难听。
他很想说："都是你，有你，什么事也得弄哗啦了！"
可是他没有往外说，一来因为现在不是闹脾气的时候，
二来面前没有别人，要泄泄怒气还是非对郝凤鸣说说不

可；既然想对他说说，就不能先开口骂他。他的话转到正面儿来："局长，好；听差，也好；副局长，哼！我永不嫌事小，只要独当一面就行。副局长，副师长，副总统，副的一切，凡是副的都没用！递给我支烟！"

"电报是犬稜发的，正式的命令还没有到。"郝凤鸣郑重的说。对鹿书香的人，他看不大起；对鹿书香的话，他可是老觉得有些价值。鹿书香的话总是由经验中提炼出来的，老能够赤裸裸的说到事情的根儿上，就事论事，不带任何无谓的感情与客气。郝凤鸣晓得自己没这份儿本事，所以不能不佩服大舅子的话，大舅子的话比英国绅士的气度与文化又老着几个世纪，一点虚伪没有，伸手就碰在痒痒筋儿上。

"什么正式的命令？你这人没办法！"鹿书香很想发作一顿了，可是又管住了自己，而半恼半亲近的加了点解释："犬稜的电报才算事，命令？屁！"

郝凤鸣依然觉得这种话说得很对，不过像"屁"字这类的字眼不大应该出自个绅士的口中。是的，他永远不能佩服鹿书香的态度与举动——永成不了个英国人所谓的"贞头曼"，大概西洋留学生的这点陶冶永远不是东洋留学生所能及的。好吧，不用管这个，先讨论事情呢："把政府放在一边，我们好意思驳回犬稜？"

"这就是你不行的地方！什么叫好意思不好意思？无所谓！"鹿书香故意的笑了一下。"合我的适便作，反之就不作；多咱你学会这一招，你就会明白我的伟大了。你知道，我的东洋朋友并不止是犬稜？"

郝凤鸣没说出什么来。他没法不佩服鹿书香的话，可又没法改变他一向轻视这位内兄的心理，他没了办法。

鹿书香看妹丈没了话，心中高兴了些："告诉你，凤鸣，我若是只弄到副局长，那就用不着说，正局长必定完全是东洋那边的；我坏在摆脱不开政府这方面。你记住了：当你要下脚的时候，得看清楚哪边儿硬！"

"那么正局长所靠着的人也必定比犬稜还硬？"郝凤鸣准知道这句说对了地方，圆脸上转着遭儿流动着笑意。

鹿书香咂摸着味儿点了点头："这才像句话！所以我刚才说，我的东洋朋友并不止是犬稜。你要知道，自从九一八以后，东洋人的势力也并不集中，谁都想建功争胜，强中自有强中手。在这种乱动的局面中，不能死靠一个人。作事，如同游泳，如同驶船，要随着水势，随时变动。按说，我和犬稜的关系不算不深，我给他出主意，他不能不采纳；他给我要位置，我一点也不能怀疑。无奈，他们自己的争斗也非常的激烈，咱们可就吃了挂落！现在的问题是我还是就职呢，还是看看再说？"

"土地局的计划是我们拟就的，你要是连副局长都推了，岂不是连根儿烂？"郝凤鸣好似受了鹿书香的传染，也连连的眨巴眼。"据我看，即使一点实权拿不到，也跟他们苦腻。这，一来是不得罪犬稜，二来是看机会还得把局长抓过来，是不是？"

"也有你这么一说，也有你这么一说，"鹿书香轻轻的点着头。"可是有一样，我要就了副局长，空筒子的副局长，你可就完了。你想呀，有比犬稜还硬的人立在正局长背后，还有咱们荐人的份儿？我挂上个名，把你甩了，何苦呢！我闲也还闲得起，所以不肯闲着的原因，一来是我愿意提拔一些亲友，造成咱们自己的势力，为咱们的晚辈设想，咱们自己不能不多受点累。二来是我有东洋朋友，我知道东洋的事，这点知识与经验不应当随便扔弃了。妒恨我的也许叫我卖国贼，其实我是拿着自己的真本领去给人民作点事，况且东洋人的办法并不像大家所说的那么可恶，人家的确是有高明人；老实不客气的说，我愿意和东洋人合作；卖国贼？盖棺论定，各凭良心吧！"他闭上眼，缓了一口气。"往回说吧，你要是教我去作副局长，而且一点不抱怨我不帮忙你，我就去；你若是不谅解我呢，吹，我情愿得罪了犬稜，把事推了！怎样？"

　　郝凤鸣的气不打一处来。倒退——不用多了——十年，他一定会对着鹿书香的脸，呐喊一声卖国贼。现在，他喊不出来。现在，他只知道为生活而生活着；他，他的太太，都短着许多许多的东西；没有这些东西，生活就感到贫窭，难堪，毫无乐趣。比如说，夫妇们商议了多少日子了，始终也没能买上一辆小汽车；没有这辆小汽车，生活受着多么大的限制，几乎哪里也不敢去，一天的时间倒被人力车白白费去一半！为这辆小汽车，为其他好些个必需的东西，使生活丰富的东西，他不能喊卖国贼；他现在知道了生命的意义，认识了生活的趣味；少年时一切理想都是空的，现在也只知道多挣钱，去丰富生命。可是受了骗，受了大舅子的骗，他不能忍受，他喊不出卖国贼这三个字，可是也不甘心老老实实的被大舅子这么玩弄。

　　他恨自己，为什么当初要上英国去读书，而不到东洋去。看不起东洋留学生是真的，可是事实是事实，现在东洋留学生都长了行市，他自己落了价。假若他会说日语，假若他有东洋朋友，就凭鹿书香？哼，他也配！

不，不能恨自己。到底英国留学生是英国留学生；设若鹿书香到过英国，也许还不会坏到这个地步！况且，政治与外交是变化多端的，今年东洋派抬头，焉知明年不该留欧的走运呢？是的，真要讲亡国的话，似乎亡在英国人手里还比较的好一些。想到这里，郝凤鸣的气消了一些，仿佛国家亡在英人手里是非常的有把握，而自己一口气就阔起来，压倒鹿书香，压倒整个的东洋派，买上汽车，及一切需要的东西，是必能作到的。

气消了一些，他想要大仁大义的劝鹿书香就职，自己情愿退后，以后再也不和大舅子合作；好说好散，贞头曼！

他刚要开口，电话铃响了。本不想去接，可是就这么把刚才那一场打断，也好，省得再说什么。他拿下耳机来："什么局长？方？等等。"一手捂住口机，"大概是新局长，姓方。"

鹿书香极快的立起来："难道是方佐华？"接过电话机来："喂，方局长吗？"声音非常的温柔好听，眼睛像下小雨似的眨巴着。"啊？什么？"声音高了些，不甚好听了。"呕，局长派我预备就职礼，派——我；

嗯，晓得！"猛的把耳机挂上了。"你怎么不问明白了！什么东西，一个不三不四的小职员敢给我打电话，还外带着说局长派我，派——我！"他深深的噎了一口气。

"有事没事？"郝凤鸣整着脸问，"没事，我可要走啦；没工夫在这儿看电话！"

鹿书香仿佛没有听见，只顾说他自己的："哼，说不定教我预备就职典礼就是瞧我一手儿呢！厉害！挤我！我还是干定了，凤鸣你说对了，给他们个苦腻！"说完，向郝凤鸣笑了笑。

"预备个会场，还不就是摆几把椅子的事？"郝凤鸣顺口答音的问了句，不希望得到什么回答，他想回家，回家和韵香一同骂书香去。

"我说你不行，你老不信，坐下，不忙，回头我用车送你去。"看郝凤鸣又坐下，他闭了会儿眼才说："光预备几把椅子可不行！不行！挂国旗与否，挂遗嘱与否，都成问题！挂呢？"右手的中指扳住左手的大指，"显出我倾向政府。犬稜们都是细心的人。况且，即使他们没留神，方佐华们会偷偷的指点给他们。不挂呢？"中指点了点食指，"方佐华会借题发挥，向政府把我刷下来，先剪去我在政府方面的势力。你看，这不是很有些文章吗？"

郝凤鸣点了点头，他承认了自己的不行。不错，这几年来，他已经把少年时的理想与热气扫除了十之八九，可是到底他还是太直爽简单。他"是"得和鹿书香学学，即使得不到什么实际的利益，学些招数也是极可宝贵的。

"现在的年月，作事好不容易！"鹿书香一半是叹悔自己这次的失败，一半是——比起郝凤鸣来——赞美自己的精明。"我们这是闲谈，闲谈。你看，现在的困难是，人才太多，咱们这边和东洋那边都是人多于事。于是，一人一个主意，谁都设法不教自己的主意落了空。主意老在那儿变动，结果弄成谁胳臂粗谁得势。土地局是咱们的主意，临完教别人把饭锅端了去。我先前还力争非成厅不可，哼，真要是被人家现成的把厅长端去，笑话才更大呢！我看出来了，我们的主意越多，东洋人的心也就越乱，他们的心一乱，咱们可就抓不着了头。你说是不是？为今之计，咱们还得打好主意。只要有主意，不管多么离奇，总会打动东洋人——他们心细，不肯轻易放过一个意见；再加上他们人多，咱们说不动甲，还可以献计给乙，总会碰到个愿意采纳的。有一个

点头的，事情就有门儿。凤鸣，别灰心，想好主意。你
想出来，我去作；一旦把正局长夺回来，你知道我不会
白了你。我敢起誓！"

"上回你也起了誓！"郝凤鸣横着来了一句。

"别，别，咱俩不过这个！"鹿书香把对方的横劲儿
往竖里扯。"你知道我是副局长，你也知道副局长毫无
实权，何苦呢！先别捣乱，想高明的，想！只要你说出
这道儿，我就去，我不怕跑腿；这回干脆不找犬稜，另
起炉灶，找沉重的往下硬压。我们本愿规规矩矩的作，
不过别人既是乱抄家伙，我们还能按规矩作吗？先别气
馁，人家乱，咱们也跟着乱就是了，这就叫做时势造英
雄！我就去就副局长的职，也尝尝闲职什么味儿。假若
有好主意的话，也许由副而正，也许一高兴另来个机关
玩玩。反正你我的学问本领不能随便弃而不用，那么何
不多跑几步路呢？"

"我要是给你一个主意，你给我什么？"郝凤鸣笑
着，可是笑得僵不吃的。"这回我不要空头支票，得说
实在的。比如说，韵香早就跟我要辆小汽车……"

"只要你肯告诉我，灵验了以后，准有你的汽车。我
并非没有主意，不过是愿意多搜集一些。谁知道哪一个

会响了呢。"

"一言为定？我回去就告诉她！你知道姑奶奶是不好惹的？"

"晓得呀，还用你说！"

"你听这个怎样，"郝凤鸣的圆眼睛露出点淘气的神气，"掘墓行不行？"

"什么？"

"有系统的挖坟。"郝凤鸣笑了，承认这是故意的开玩笑。

"有你这么一说，"鹿书香的神气可是非常的郑重，"有你这么一说！你怎么想起来的。是不是因为土地局而联想到坟墓？"

"不是快到阴历十月一了。"郝凤鸣把笑意收起去，倒觉得有点不大好意思了。"想起上坟烧纸，也就想起盗墓来，报纸上不是常登着这种事儿？"

"你倒别说，这确是个主意！"鹿书香立起来，伸出右手，仿佛是要接过点什么东西来似的。"这个主意你给我了？"

"送给你了；灵验之后，跟你要辆汽车！不过，我想不起这个主意能有什么用处。就是真去实行，也似乎太缺德，是不是？"郝凤鸣似乎有点后悔。

"可惜你这个西洋留学生！"鹿书香笑着坐下了。

"坟地早就都该平了！民食不足，而教坟墓空占着那么多地方，岂不是愚蠢？我告诉你，我先找几个人去调查一下，大概的哪怕先把一县的地亩与坟地的比例弄出来呢，报上去，必足以打动东洋人，他们想开发华北，这也是一宗事业，只须把坟平了，平白的就添出多少地亩，是种棉，种豆，或是种鸦片，谁管它种什么呢，反正地多出产才能多！这是一招。假如他们愿意，当然愿意，咱们就有第二招：既然要平坟，就何不一打两用，把坟里埋着的好东西就手儿掘出来？这可又得先调查一下，大概的能先把一县的富家的茔地调查清了，一报上去就得教他们红眼。怎么说呢，平坟种地需要时间，就地抠饼够多么现成？真要是一县里挖出几万来，先不用往多里说，算算看，一省该有多少？况且还许挖出些件无价之宝来呢？哼！我简直可以保险，平坟的主意假若不被采纳，拣着古坟先掘几处一定能行！说不定，因此咱们还许另弄个机关——譬如古物之类的玩艺——专办这件事呢？你要知道，东洋人这二年来的开发计划，都得先投资而后慢慢的得利；咱们这一招是开门见山，手到擒来！就是大爵儿们不屑于办，咱们会拉那些打快杓子的，这不比走私省事？行，凤鸣！你的汽车十之八九算是妥当了！"

"可是，你要真能弄成个机关，别光弄辆破汽车搪塞我；你的会长，我至少得来个科长！"郝凤鸣非常的后悔把这么好的主意随便的卖出去。

"你放心吧，白不了你！只要你肯用脑子，肯把好主意告诉我，地位金钱没问题！谁教咱们赶上这个乱世呢，咱们得老别教脑子闲着，腿闲着。只要不怕受累，话又往回来说，乱世正是给我们预备的，乱世才出英雄！"

郝凤鸣郑重的点了点头，东西两位留学生感到有合作的必要，而前途有无限的光明！

# 我这一辈子

## 一

我幼年读过书，虽然不多，可是足够读七侠五义与三国志演义什么的。我记得好几段《聊斋》，到如今还能说得很齐全动听，不但听的人都夸奖我的记性好，连我自己也觉得应该高兴。可是，我并念不懂《聊斋》的原文，那太深了；我所记得的几段，都是由小报上的"评讲《聊斋》"念来的——把原文变成白话，又添上些逗哏打趣，实在有个意思！

我的字写得也不坏。拿我的字和老年间衙门里的公文比一比，论个儿的匀适，墨色的光润，与行列的齐整，我实在相信我可以作个很好的"笔帖式"。自然我不敢高攀，说我有写奏折的本领，可是眼前的通常公文是准保能写到好处的。

凭我认字与写的本事，我本该去当差。当差虽不见得一定能增光耀祖，但是至少也比作别的事更体面些。况且呢，差事不管大小，多少总有个升腾。我看见不止一位了，官职很大，但是那笔字还不如我的好呢，连句整话都说不出来。这样的人既能作高官，我怎么不能呢？

　　可是，当我十五岁的时候，家里教我去学徒。五行八作，行行出状元，学手艺原不是什么低搭的事；不过比较当差稍差点劲儿罢了。学手艺，一辈子逃不出手艺人去，即使能大发财源，也高不过大官儿不是？可是我并没和家里闹别扭，就去学徒了；十五岁的人，自然没有多少主意，况且家里老人还说，学满了艺，能挣上钱，就给我说亲事。在当时，我想象着结婚必是件有趣的事。那么，吃上二三年的苦，而后大人似的去耍手艺挣钱，家里再有个小媳妇，大概也很下得去了。

　　我学的是裱糊匠。在那太平年月，裱糊匠是不愁没饭吃的。那时候，死一个人不像现在这么省事。这可并不是说，老年间的人要翻来覆去的死好几回，不干脆的一下子断了气。我是说，那时候死人，丧家要拚命的花钱，一点不惜力气与金钱的讲排场。就拿与冥衣铺有关系的事来说吧，就得花上老些个钱。人一断气，马上就得去糊"倒头车"——现在，连这个名词儿也许有好多人不晓得了。紧跟着便是"接三"，必定有些烧活：车轿骡马，墩箱灵人，引魂幡，灵花等等。要是害月子病死的，还必须另糊一头牛，和一个鸡罩。赶到"一七"念经，又得糊楼库，金山银山，尺头元宝，四季衣服，四季花草，古玩陈设，各样木器。及至出殡，纸亭纸架之外，还有许多烧活，至不济也得弄一对"童儿"举着。"五七"烧伞，六十天糊船桥。一个死人到六十天后才和我们裱糊匠脱离关系。一年之中，死那么十来个有钱的人，我们便有了吃喝。

裱糊匠并不专伺候死人，我们也伺候神仙。早年间的神仙不像如今晚儿的这样寒碜，就拿关老爷说吧，早年间每到六月二十四，人们必给他糊黄幡宝盖，马童马匹，和七星大旗什么的。现在，几乎没有人再惦记着关公了！遇上闹"天花"，我们又得为娘娘们忙一阵。九位娘娘得糊九顶轿子，红马黄马各一匹，九份凤冠霞帔，还得预备痘哥哥痘姐姐们的袍带靴帽，和各样执事。如今，医院都施种牛痘，娘娘们无事可作，裱糊匠也就陪着她们闲起来了。此外还有许许多多的"还愿"的事，都要糊点什么东西，可是也都随着破除迷信没人再提了。年头真是变了啊！

除了伺候神与鬼外，我们这行自然也为活人作些事。这叫作"白活"，就是给人家糊顶棚。早年间没有洋房，每遇到搬家，娶媳妇，或别项喜事，总要把房间糊得四白落地，好显出焕然一新的气象。那大富之家，连春秋两季糊窗子也雇用我们。人是一天穷似一天了，搬家不一定糊棚顶。而那些有钱的呢，房子改为洋式的，棚顶抹灰，一劳永逸；窗子改成玻璃的，也用不着再糊上纸或纱。什么都是洋式好，耍手艺的可就没了饭吃。我们自己也不是不努力呀，洋车时行，我们就照样糊洋车；汽车时行，我们就糊汽车，我们知道改良。可是有几家死了人来糊一辆洋车或汽车呢？年头一旦大改良起来，我们的小改良全算白饶，水大漫不过鸭子去，有什么法儿呢！

<h2 style="text-align:center">二</h2>

上面交代过了：我若是始终仗着那份儿手艺吃饭，恐怕就早已饿死了。不过，这点本事虽不能永远有用，可是三年的学艺并非没有很大的好处，这点好处教我一辈子享用不尽。我可以撂下家伙，干别的营生去；这点

好处可是老跟着我。就是我死后，有人谈到我的为人如何，他们也必须要记得我少年曾学过三年徒。

学徒的意思是一半学手艺，一半学规矩。在初到铺子去的时候，不论是谁也得害怕，铺中的规矩就是委屈。当徒弟的得晚睡早起，得听一切的指挥与使遣，得低三下四的伺候人，饥寒劳苦都得高高兴兴的受着，有眼泪往肚子里咽。像我学艺的所在，铺子也就是掌柜的家；受了师傅的，还得受师母的，夹板儿气！能挺过这么三年，顶倔强的人也得软了，顶软和的人也得硬了；我简直的可以这么说，一个学徒的脾性不是天生带来的，而是被板子打出来的；像打铁一样，要打什么东西便成什么东西。

在当时正挨打受气的那一会儿，我真想去寻死，那种气简直不是人所受得住的！但是，现在想起来，这种规矩与调教实在值金子。受过这种排练，天下便没什么受不了的事啦。随便提一样吧，比方说教我去当兵，好哇，我可以作个满好的兵。军队的操演有时有会儿，而学徒们是除了睡觉没有任何休息时间的。我抓着工夫去出恭，一边蹲着一边就能打个盹儿，因为遇上赶夜活的时候，我一天一夜只能睡上三四点钟的觉。我能一口吞下去一顿饭，刚端起饭碗，不是师傅喊，就是师娘叫，要不然便是有照顾主儿来定活，我得恭而敬之的招待，并且细心听着师傅怎样论活讨价钱。不把饭整吞下去怎办呢？这种排练教我遇到什么苦处都能硬挺，外带着还是挺和气。读书的人，据我这粗人看，永远不会懂得这个。现在的洋学堂里开运动会，学生跑上两个圈就仿佛有了汗马功劳一般，喝！又是搀着，又是抱着，往大腿上拍火酒，还闹脾气，还坐汽车！这样的公子哥儿哪懂得什么叫作规矩，哪叫排练呢？话往回来说，我所受的苦处给我打下了作事任劳任怨的底子，我永远不肯闲着，作起活来永不晓得闹脾气，耍别扭，我能和大兵们一样受苦，而大兵们不能像我这么和气。

再拿件实事来证明这个吧：在我学成出师以后，我和别的耍手艺的一样，为表明自己是凭本事挣钱的人，第一我先买了根烟袋，只要一闲着便捻上一袋吧唧着，仿佛很有身份。慢慢的，我又学了喝酒，时常弄两盅猫尿咂着嘴儿抿几口。嗜好就怕开了头，会了一样就不难学第二样，反正都是个玩艺吧咧。这可也就出了毛病。我爱烟爱酒，原本不算什么稀奇的事，大家伙儿都差不多是这样。可是，我一来二去的学会了吃大烟。那个年月，鸦片烟不犯私，非常的便宜；我先是吸着玩，后来可就上了瘾。不久，我便觉出手紧来了，作事也不似先前那么上劲了。我并没等谁劝告我，不但戒了大烟，而且把旱烟袋也撅了，从此烟酒不动！我入了"理门"。入理门，烟酒都不准动；一旦破戒，必走背运。所以我不但戒了嗜好，而且入了理门；背运在那儿等着我，我怎肯再犯戒呢？这点心胸与硬气，如今想起来，还是由学徒得来的。多大的苦处我都能忍受。初一戒烟戒酒，看着别人吸，别人饮，多么难过呢！心里真像有一千条小虫爬挠那么痒痒触触的难过。但是我不能破戒，怕走背运。其实背运不背运的，都是日后的事，眼前的罪过可是不好受呀！硬挺，只有硬挺才能成功，怕走背运还在其次。我居然挺过来了，因为我学过徒，受过排练呀！

提到我的手艺来，我也觉得学徒三年的光阴并没白费了。凡是一门手艺，都得随时改良，方法是死的，运用可是活的。三十年前的瓦匠，讲究会磨砖对缝，作细工儿活；现在，他得会用洋灰和包镶人造石什么的。三十年前的木匠，讲究会雕花刻木，现在得会造洋式木器。我们这行也如此，不过比别的行业更活动。我们这行讲究看见什么就能糊什么。比方说，人家落了丧事，教我们糊一桌全席，我们就能糊出鸡鸭鱼肉来。赶上人家死了未出阁的姑娘，教我们糊一全份嫁妆，不管是四十八抬，还是三十二抬，我们便能由粉罐油瓶一直糊到衣橱穿衣镜。眼睛一看，手就能模仿下来，这是我们的本事。我们的本事不大，可是得有点聪明，一个心窟窿的人绝不会成个好裱糊匠。

这样，我们作活，一边工作也一边游戏，仿佛是。我们的成败全仗着怎么把各色的纸调动的合适，这是耍心路的事儿。以我自己说，我有点小聪明。在学徒时候所挨的打，很少是为学不上活来，而多半是因为我有聪明而好调皮不听话。我的聪明也许一点也显露不出来，假若我是去学打铁，或是拉大锯——老那么打，老那么拉，一点变动没有。幸而我学了裱糊匠，把基本的技能学会了以后，我便开始自出花样，怎么灵巧逼真我怎么作。有时候我白费了许多工夫与材料，而作不出我所想到的东西，可是这更教我加紧的去揣摸，去调动，非把它作成不可。这个，真是个好习惯。有聪明，而且知道用聪明，我必须感谢这三年的学徒，在这三年养成了我会用自己的聪明的习惯。诚然，我一辈子没作过大事，但是无论什么事，只要是平常人能作的，我一瞧就能明白个五六成。我会砌墙，栽树，修理钟表，看皮货的真假，合婚择日，知道五行八作的行话上诀窍……这些，我都没学过，只凭我的眼去看，我的手去试验；我有勤苦耐劳与多看多学的习惯；这个习惯是在冥衣铺学徒三年养成的。到如今我才明白过来——我已是快饿死的人了！——假若我多读上几年书，只抱着书本死啃，像那些秀才与学堂毕业的人们那样，我也许一辈子就糊糊涂涂的下去，而什么也不晓得呢！裱糊的手艺没有给我带来官职和财产，可是它让我活的很有趣；穷，但是有趣，有点人味儿。

刚二十多岁，我就成为亲友中的重要人物了。不因为我有钱与身份，而是因为我办事细心，不辞劳苦。自从出了师，我每天在街口的茶馆里等着同行的来约请帮忙。我成了街面上的人，年轻，利落，懂得场面。有人来约，我便去作活；没人来约，我也闲不住：亲友家许许多多的事都托咐我给办，我甚至于刚结过婚便给别人家作媒了。

给别人帮忙就等于消遣。我需要一些消遣。为什么呢？前面我已说过：我们这行有两种活，烧活和白活。作烧活是有趣而干净的，白活可就不然了。糊顶棚自然得先把旧纸撕下来，这可真够受的，没作过的人万也想不到顶棚上会能有那么多尘土，而且是日积月累攒下来的，比什么土都干，细，钻鼻子，撕完三间屋子的棚，我们就都成了土鬼。及至扎好了秫秸，糊新纸的时候，新银花纸的面子是又臭又挂鼻子。尘土与纸面子就能教人得痨病——现在叫作肺病。我不喜欢这种活儿。可是，在街上等工作，有人来约就不能拒绝，有什么活得干什么活。应下这种活儿，我差不多老在下边裁纸递纸抹糨糊，为的是可以不必上"交手"，而且可以低着头干活儿，少吃点土。就是这样，我也得弄一身灰，我的鼻子也得像烟筒。作完这么几天活，我愿意作点别的，变换变换。那么，有亲友托我办点什么，我是很乐意帮忙的。

再说呢，作烧活吧，作白活吧，这种工作老与人们的喜事或丧事有关系。熟人们找我定活，也往往就手儿托我去讲别项的事，如婚丧事的搭棚，讲执事，雇厨子，定车马等等。我在这些事儿中渐渐找出乐趣，晓得如何能捏住巧处，给亲友们既办得漂亮，又省些钱，不能窝窝囊囊的被人捉了"大头"。我在办这些事儿的时候，得到许多经验，明白了许多人情，久而久之，我成了个很精明的人，虽然还不到三十岁。

三

　　由前面所说过的去推测，谁也能看出来，我不能老靠着裱糊的手艺挣饭吃。像逛庙会忽然遇上雨似的，年头一变，大家就得往四散里跑。在我这一辈子里，我仿佛是走着下坡路，收不住脚。心里越盼着天下太平，身子越往下出溜。这次的变动，不使人缓气，一变好像就要变到底。这简直不是变动，而是一阵狂风，把人糊糊涂涂的刮得不知上哪里去了。在我小时候发财的行当与事情，许多许多都忽然走到绝处，永远不再见面，仿佛掉在了大海里头似的。裱糊这一行虽然到如今还阴死巴活的始终没完全断了气，可是大概也不会再有抬头的一日了。我老早的就看出这个来。在那太平的年月，假若我愿意的话，我满可以开个小铺，收两个徒弟，安安顿顿的混两顿饭吃。幸而我没那么办。一年得不到一笔大活，只仗着糊一辆车或两间屋子的顶棚什么的，怎能吃饭呢？睁开眼看看，这十几年了，可有过一笔体面的活？我得改行，我算是猜对了。

　　不过，这还不是我忽然改了行的唯一的原因。年头

儿的改变不是个人所能抵抗的，胳臂扭不过大腿去，跟
年头儿叫死劲简直是自己找别扭。可是，个人独有的事
往往来得更厉害，它能马上教人疯了。去投河觅井都不
算新奇，不用说把自己的行业放下，而去干些别的了。
个人的事虽然很小，可是一加在个人身上便受不住；一
个米粒很小，教蚂蚁去搬运便很费力气。个人的事也是
如此。人活着是仗了一口气，多咱有点事儿，把这口气
憋住，人就要抽风。人是多么小的玩艺儿呢！

　　我的精明与和气给我带来背运。乍一听这句话仿佛
是不合情理，可是千真万确，一点儿不假，假若这要不
落在我自己身上，我也许不大相信天下会有这宗事。它
竟自找到了我；在当时，我差不多真成了个疯子。隔了
这么二三十年，现在想起那回事儿来，我满可以微微一
笑，仿佛想起一个故事来似的。现在我明白了个人的好
处不必一定就有利于自己。一个人好，大家都好，这点
好处才有用，正是如鱼得水。一个人好，而大家并不都
好，个人的好处也许就是让他倒霉的祸根。精明和气有
什么用呢！现在，我悟过这点理儿来，想起那件事不过
点点头，笑一笑罢了。在当时，我可真有点咽不下去那
口气。那时候我还很年轻啊。

　　哪个年轻的人不爱漂亮呢？在我年轻的时候，给人家行人情或办点事，我的打扮与气派谁也不敢说我是个手艺人。在早年间，皮货很贵，而且不准乱穿。如今晚的人，今天得了马票或奖券，明天就可以穿上狐皮大衣，不管是个十五岁的孩子还是二十岁还没刮过脸的小伙子。早年间可不行，年纪身份决定个人的服装打扮。那年月，在马褂或坎肩上安上一条灰鼠领子就仿佛是很漂亮阔气。我老安着这么条领子，马褂与坎肩都是青大缎的——那时候的缎子也不怎么那样结实，一件马褂至少也可以穿上十来年。在给人家糊棚顶的时候，我是个土鬼；回到家中一梳洗打扮，我立刻变成个漂亮小伙子。我不喜欢那个土鬼，所以更爱这个漂亮的青年。我的辫子又黑又长，脑门剃得锃光青亮，穿上带灰鼠领子的缎子坎肩，我的确像个"人儿"！

　　一个漂亮小伙子所最怕的恐怕就是娶个丑八怪似的老婆吧。我早已有意无意的向老人们透了个口话：不娶倒没什么，要娶就得来个够样儿的。那时候，自然还不时行自由婚，可是已有男女两造对相对看的办法。要结婚的话，我得自己去相看，不能马马虎虎就凭媒人的花言巧语。

二十岁那年，我结了婚，我的妻比我小一岁。把她放在哪里，她也得算个俏式利落的小媳妇；在定婚以前，我亲眼相看的呀。她美不美，我不敢说，我说她俏式利落，因为这四个字就是我择妻的标准；她要是不够这四个字的格儿，当初我决不会点头。在这四个字里很可以见出我自己是怎样的人来。那时候，我年轻，漂亮，作事麻利，所以我一定不能要个笨牛似的老婆。

这个婚姻不能说不是天配良缘。我俩都年轻，都利落，都个子不高；在亲友面前，我们像一对轻巧的陀螺似的，四面八方的转动，招得那年岁大些的人们眼中要笑出一朵花来。我俩竞争着去在大家面前显出个人的机警与口才，到处争强好胜，只为教人夸奖一声我们是一对最有出息的小夫妇。别人的夸奖增高了我俩彼此间的敬爱，颇有点英雄惜英雄，好汉爱好汉的劲儿。

我很快乐，说实话：我的老人没挣下什么财产，可是有一所儿房。我住着不用花租金的房子，院中有不少的树木，檐前挂着一对黄鸟。我呢，有手艺，有人缘，有个可心的年轻女人。不快乐不是自找别扭吗？

对于我的妻，我简直找不出什么毛病来。不错，有时候我觉得她有点太野；可是哪个利落的小媳妇不爽快呢？她爱说话，因为她会说；她不大躲避男人，因为这正是作媳妇所应享的利益，特别是刚出嫁而有些本事的小媳妇，她自然愿意把作姑娘时的腼腆收起一些，而大大方方的自居为"媳妇"。这点实在不能算作毛病。况且，她见了长辈又是那么亲热体贴，殷勤的伺候，那么她对年轻一点的人随便一些也正是理之当然；她是爽快大方，所以对于年老的正像对于年少的，都愿表示出亲热周到来。我没因为她爽快而责备她过。

她有了孕，作了母亲，她更好看了，也更大方了——我简直的不忍再用那个"野"字！世界上还有比怀孕的少妇更可怜，年轻的母亲更可爱的吗？看她坐在门坎上，露着点胸，给小娃娃奶吃，我只能更爱她，而想不起责备她太不规矩。

到了二十四岁，我已有一儿一女。对于生儿养女，作丈夫的有什么功劳呢！赶上高兴，男子把娃娃抱起来，耍巴一回；其余的苦处全是女人的。我不是个糊涂人，不必等谁告诉我才能明白这个。真的，生小孩，养育小孩，男人有时候想去帮忙也归无用；不过，一个懂得点人事的人，自然该使作妻的痛快一些，自由一些；欺侮孕妇或一个年轻的母亲，据我看，才真是混蛋呢！

对于我的妻，自从有了小孩之后，我更放任了些；我认为这是当然的合理的。

再一说呢，夫妇是树，儿女是花；有了花的树才能显出根儿深。一切猜忌，不放心，都应该减少，或者完全消灭；小孩子会把母亲拴得结结实实的。所以，即使我觉得她有点野——真不愿用这个臭字——我也不能不放心了，她是个母亲呀。

## 四

直到如今，我还是不能明白那到底是怎么一回事。

我所不能明白的事也就是当时教我差点儿疯了的事，我的妻跟人家跑了。

我再说一遍，到如今我还不能明白那到底是怎回事。我不是个固执的人，因为我久在街面上，懂得人情，知道怎样找出自己的长处与短处。但是，对于这件事，我把自己的短处都找遍了，也找不出应当受这种耻辱与惩罚的地方来。所以，我只能说我的聪明与和气给我带来祸患，因为我实在找不出别的道理来。

我有位师哥，这位师哥也就是我的仇人。街口上，人们都管他叫作黑子，我也就还这么叫他吧；不便道出他的真名实姓来，虽然他是我的仇人。"黑子"，由于他的脸不白；不但不白，而且黑得特别，所以才有这个外号。他的脸真像个早年间人们揉的铁球，黑，可是非常的亮；黑，可是光润；黑，可是油光水滑的可爱。当他喝下两盅酒，或发热的时候，脸上红起来，就好像落太阳时的一些黑云，黑里透出一些红光。至于他的五官，简直没有什么好看的地方，我比他漂亮多了。他的身量很高，可也不见得怎么魁梧，高大而懈懈松松的。他所以不至教人讨厌他，总而言之，都仗着那一张发亮的黑脸。

我跟他是很好的朋友。他既是我的师哥，又那么傻大黑粗的，即使我不喜爱他，我也不能无缘无故的怀疑他。我的那点聪明不是给我预备着去猜疑人的；反之，我知道我的眼睛里不容砂子，所以我因信任自己而信任别人。我以为我的朋友都不至于偷偷的对我掏坏招数。一旦我认定谁是个可交的人，我便真拿他当个朋友看待。对于我这个师哥，即使他有可猜疑的地方，我也得敬重他，招待他，因为无论怎样，他到底是我的师哥呀。同是一门儿学出来的手艺，又同在一个街口上混饭吃，有活没活，一天至少也得见几面；对这么熟的人，我怎能不拿他当作个好朋友呢？有活，我们一同去作活；没活，他总是到我家来吃饭喝茶，有时候也摸几把索儿胡玩——那时候"麻将"还不十分时兴。我和蔼，他也不客气；遇到什么就吃什么，遇到什么就喝什么，我一向不特别为他预备什么，他也永远不挑剔。他吃的很多，可是不懂得挑食。看他端着大碗，跟着我们吃热汤儿面什么的，真是个痛快的事。他吃得四脖子汗流，嘴里西啦胡噜的响，脸上越来越红，慢慢的成了个半红的大煤球似的；谁能说这样的人能存着什么坏心眼儿呢！

一来二去，我由大家的眼神看出来天下并不很太平。可是，我并没有怎么往心里搁这回事。假若我是个糊涂人，只有一个心眼，大概对这种事不会不听见风就是雨，马上闹个天昏地暗，也许立刻把事情弄个水落石出，也许是望风捕影而弄一鼻子灰。我的心眼多，决不肯这么糊涂瞎闹，我得平心静气的想一想。

先想我自己，想不出我有什么不对的地方来，即使我有许多毛病，反正至少我比师哥漂亮，聪明，更像个人儿。

再看师哥吧，他的长相，行为，财力，都不能教他为非作歹，他不是那种一见面就教女人动心的人。

最后，我详详细细的为我的年轻的妻子想一想：她跟了我已经四五年，我俩在一处不算不快乐。即使她的快乐是假装的，而愿意去跟个她真喜爱的人——这在早年间几乎是不能有的——大概黑子也绝不会是这个人吧？他跟我都是手艺人，他的身份一点不比我高。同样，他不比我阔，不比我漂亮，不比我年轻；那么，她贪图的是什么呢？想不出。就满打说她是受了他的引诱而迷了心，可是他用什么引诱她呢，是那张黑脸，那点本事，那身衣裳，腰里那几吊钱？笑话！哼，我要是有意的话吗，我倒满可以去引诱引诱女人；虽然钱不多，至少我有个样子。黑子有什么呢？再说，就是说她一时迷了心窍，分别不出好歹来，难道她就肯舍得那两个小孩吗？

我不能信大家的话，不能立时疏远了黑子，也不能傻子似的去盘问她。我全想过了，一点缝子没有，我只能慢慢的等着大家明白过来他们是多虑。即使他们不是凭空造谣，我也得慢慢的察看，不能无缘无故的把自己，把朋友，把妻子，都卷在黑土里边。有点聪明的人作事不能鲁莽。

可是，不久，黑子和我的妻子都不见了。直到如今，我没再见过他俩。为什么她肯这么办呢？我非见着她，由她自己吐出实话，我不会明白。我自己的思想永远不够对付这件事的。

我真盼望能再见她一面，专为明白明白这件事。到如今我还是在个葫芦里。

当时我怎样难过，用不着我自己细说。谁也能想到，一个年轻漂亮的人，守着两个没了妈的小孩，在家里是怎样的难过；一个聪明规矩的人，最亲爱的妻子跟师哥跑了，在街面上是怎么难堪。同情我的人，有话说不出，不认识我的人，听到这件事，总不会责备我的师哥，而一直的管我叫"王八"。在咱们这讲孝悌忠信的社会里，人们很喜欢有个王八，好教大家有放手指头的准头。我的口闭上，我的牙咬住，我心中只有他们俩的影儿和一片血。不用教我见着他们，见着就是一刀，别的无须乎再说了。

在当时，我只想拚上这条命，才觉得有点人味儿。现在，事情过去这么多年了。我可以细细的想这件事在我这一辈子里的作用了。

我的嘴并没闲着，到处我打听黑子的消息。没用，他俩真像石沉大海一般。打听不着确实的消息，慢慢的我的怒气消散了一些；说也奇怪，怒气一消，我反倒可怜我的妻子。黑子不过是个手艺人，而这种手艺只能在京津一带大城里找到饭吃，乡间是不需要讲究的烧活的。那么，假若他俩是逃到远处去，他拿什么养活她呢？哼，假若他肯偷好朋友的妻子，难道他就不会把她卖掉吗？这个恐惧时常在我心中绕来绕去。我真希望她忽然逃回来，告诉我她怎样上了当，受了苦处；假若她真跪在我的面前，我想我不会不收下她的，一个心爱的女人，永远是心爱的，不管她作了什么错事。她没有回来，没有消息，我恨她一会儿，又可怜她一会儿，胡思乱想，我有时候整夜的不能睡。

过了一年多，我的这种乱想又轻淡了许多。是的，我这一辈子也不能忘了她，可是我不再为她思索什么了。我承认了这是一段千真万确的事实，不必为它多费心思了。

我到底怎样了呢？这倒是我所要说的，因为这件我永远猜不透的事在我这一辈子里实在是件极大的事。这件事好像是在梦中丢失了我最亲爱的人，一睁眼，她真的跑得无影无踪了。这个梦没法儿明白，可是它的真确劲儿是谁也受不了的。作过这么个梦的人，就是没有成疯子，也得大大的改变；他是丢失了半个命呀！

## 五

最初，我连屋门也不肯出，我怕见那个又明又暖的太阳。

顶难堪的是头一次上街：抬着头大大方方的走吧，准有人说我天生来的不知羞耻。低着头走，便是自己招认了脊背发软。怎么着也不对。我可是问心无愧，没作过一点对不起人的事。

我破了戒，又吸烟喝酒了。什么背运不背运的，有什么再比丢了老婆更倒霉的呢？我不求人家可怜我，也犯不上成心对谁耍刺儿，我独自吸烟喝酒，把委屈放在心里好了。再没有比不测的祸患更能扫除了迷信的；以前，我对什么神仙都不敢得罪；现在，我什么也不信，连活佛也不信了。迷信，我咂摸出来，是盼望得点意外的好处；赶到遇上意外的难处，你就什么也不盼望，自然也不迷信了。我把财神和灶王的龛——我亲手糊的——都烧了。亲友中很有些人说我成了二毛子的。什么二毛子三毛子的，我再不给谁磕头。人若是不可靠，神仙就更没准儿了。

　　我并没变成忧郁的人。这种事本来是可以把人愁死的，可是我没往死牛犄角里钻。我原是个活泼的人，好吧，我要打算活下去，就得别丢了我的活泼劲儿。不错，意外的大祸往往能忽然把一个人的习惯与脾气改变了；可是我决定要保持住我的活泼。我吸烟，喝酒，不再信神佛，不过都是些使我活泼的方法。不管我是真乐还是假乐，我乐！在我学艺的时候，我就会这一招，经过这次的变动，我更必须这样了。现在，我已快饿死了，我还是笑着，连我自己也说不清这是真的还是假的笑，反正我笑，多咱死了多咱我并上嘴。从那件事发生了以后，直到如今，我始终还是个有用的人，热心的人，可是我心中有了个空儿。这个空儿是那件不幸的事给我留下的，像墙上中了枪弹，老有个小窟窿似的。我有用，我热心，我爱给人家帮忙，但是不幸而事情没办到好处，或者想不到的扎手，我不着急，也不动气，因为我心中有个空儿。这个空儿会教我在极热心的时候冷静，极欢喜的时候有点悲哀，我的笑常常和泪碰在一起，而分不清哪个是哪个。

　　这些，都是我心里头的变动，我自己要是不说——自然连我自己也说不大完全——大概别人无从猜到。在我的生活上，也有了变动，这是人人能看到的。我改了行，不再当裱糊匠，我没脸再上街口去等生意，同行的人，认识我的，也必认识黑子；他们只须多看我几眼，我就没法再咽下饭去。在那报纸还不大时行的年月，人们的眼睛是比新闻还要厉害的。现在，离婚都可以上衙门去明说明讲，早年间男女的事儿可不能这么随便。我把同行中的朋友全放下了，连我的师傅师母都懒得去看，我仿佛是要由这个世界一脚跳到另一个世界去。这样，我觉得我才能独自把那桩事关在心里头。年头的改变教裱糊匠们的活路越来越狭，但是要不是那回事，我也不会改行改得这么快，这么干脆。放弃了手艺，没什么可惜；可是这么放弃了手艺，我也不会感谢"那"回事儿！不管怎说吧，我改了行，这是个显然的变动。

决定扔下手艺可不就是我准知道应该干什么去。我得去乱碰，像一只空船浮在水面上，浪头是它的指南针。在前面我已经说过，我认识字，还能抄抄写写，很够当个小差事的。再说呢，当差是个体面的事，我这丢了老婆的人若能当上差，不用说那必能把我的名誉恢复了一些。现在想起来，这个想法真有点可笑；在当时我可是诚心的相信这是最高明的办法。"八"字还没有一撇儿，我觉得很高兴，仿佛我已经很有把握，既得到差事，又能恢复了名誉。我的头又抬得很高了。

哼！手艺是三年可以学成的；差事，也许要三十年才能得上吧！一个钉子跟着一个钉子，都预备着给我碰呢！我说我识字，哼！敢情有好些个能整本背书的人还挨饿呢。我说我会写字，敢情会写字的绝不算出奇呢。我把自己看得太高了。可是，我又亲眼看见，那作着很大的官儿的，一天到晚山珍海味的吃着，连自己的姓都不大认得。那么，是不是我的学问又太大了，而超过了作官所需要的呢？我这个聪明人也没法儿不显着糊涂了。

慢慢的，我明白过来。原来差事不是给本事预备着的，想作官第一得有人。这简直没了我的事，不管我有多么大的本事。我自己是个手艺人，所认识的也是手艺人；我爸爸呢，又是个白丁，虽然是很有本事与品行的白丁。我上哪里去找差事当呢？

事情要是逼着一个人走上哪条道儿，他就非去不可，就像火车一样，轨道已摆好，照着走就是了，一出花样准得翻车！我也是如此。决定扔下了手艺，而得不到个差事，我又不能老这么闲着。好啦，我的面前已摆好了铁轨，只准上前，不许退后。

我当了巡警。

巡警和洋车是大城里头给苦人们安好的两条火车道。大字不识而什么手艺也没有的，只好去拉车。拉车不用什么本钱，肯出汗就能吃窝窝头。识几个字而好体面的，有手艺而挣不上饭的，只好去当巡警；别的先不提，挑巡警用不着多大的人情，而且一挑上先有身制服穿着，六块钱拿着；好歹是个差事。除了这条道，我简直无路可走。我既没混到必须拉车去的地步，又没有作高官的舅舅或姐丈；巡警正好不高不低，只要我肯，就能穿上一身铜钮子的制服。当兵比当巡警有起色，即使熬不上军官，至少能有抢劫些东西的机会。可是，我不能去当兵，我家中还有俩没娘的小孩呀。当兵要野，当巡警要文明；换句话说，当兵有发邪财的机会，当巡警是穷而文明一辈子；穷得要命，文明得稀松！

以后这五六十年的经验，我敢说这么一句：真会办事的人，到时候才说话，爱张罗办事的人——像我自己——没话也找话说。我的嘴老不肯闲着，对什么事我都有一片说词，对什么人我都想很恰当的给起个外号。我受了报应：第一件事，我丢了老婆，把我的嘴封起来一二年。第二件是我当了巡警。在我还没当上这个差事的时候，我管巡警们叫作"马路行走"，"避风阁大学士"和"臭脚巡"。这些无非都是说巡警们的差事只是站马路，无事忙，跑臭脚。哼！我自己当上"臭脚巡"了！生命简直就是自己和自己开玩笑，一点不假！我自己打了自己的嘴巴，可并不因为我作了什么缺德的事；至多也不过爱多说几句玩笑话罢了。在这里，我认识了生命的严肃，连句玩笑话都说不得的！好在，我心中有个空儿；我怎么叫别人"臭脚巡"，也照样叫自己。这在早年间叫作"抹稀泥"，现在的新名词应叫着什么，我还没能打听出来。

我没法不去当巡警，可是真觉得有点委屈。是呀，我没有什么出众的本事，但是论街面上的事，我敢说我比谁知道的也不少。巡警不是管街面上的事情吗？那么，请看看那些警官儿吧：有的连本地的话都说不上来，二加二是四还是五都得想半天。哼！他是官，我可是"招募警"；他的一双皮鞋够开我半年的饷！他什么经验与本事也没有，可是他作官。这样的官儿多了去啦！上哪儿讲理去呢？记得有位教官，头一天教我们操法的时候，忘了叫"立正"，而叫了"闸住"。用不着打听，这位大爷一定是拉洋车出身。有人情就行，今天你拉车，明天你姑父作了什么官儿，你就可以弄个教官当当；叫"闸住"也没关系，谁敢笑教官一声呢！这样的自然是不多，可是有这么一位教官，也就可以教人想到巡警的操法是怎么稀松二五眼了。内堂的功课自然绝不是这样教官所能担任的，因为至少得认识些个字才能"虎"得下来。我们的内堂的教官大概可以分为两种：一种是老人儿们，多数都有口鸦片烟瘾；他们要是能讲明白一样东西，就凭他们那点人情，大概早就作上大官儿了；唯其什么也讲不明白，所以才来作教官。另一种是年轻的小伙子们，讲的都是洋事，什么东洋巡警怎么样，什么法国违警律如何，仿佛我们都是洋鬼子。这种讲法有个好处，就是他们信口开河瞎扯，我们一边打盹一边听着，谁也不准知道东洋和法国是什么样儿，可不就随他的便说吧。我满可以编一套美国的事讲给大家听，可惜我不是教官罢了。这群年轻的小人们真懂外国事儿不懂，无从知道；反正我准知道他们一点中国事儿也不晓得。这两种教官的年纪上学问上都不同，可是他们有个相同的地方，就是他们都高不成低不就，所以对对付付的只能作教官。他们的人情真不小，可是本事太差，所以来教一群为六块洋钱而一声不敢出的巡警就最合适。

教官如此，别的警官也差不多是这样。想想：谁要是能去作一任知县或税局局长，谁肯来作警官呢？前面我已交代过了，当巡警是高不成低不就，不得已而为之。警官也是这样。这群人由上至下全是"狗熊耍扁担，混碗儿饭吃"。不过呢，巡警一天到晚在街面上，不论怎样抹稀泥，多少得能说会道，见机而作，把大事化小，小事化无；既不多给官面上惹麻烦，又让大家都过得去；真的吧假的吧，这总得算点本事。而作警官的呢，就连这点本事似乎也不必有。阎王好作，小鬼难当，诚然！

## 六

我再多说几句，或者就没人再说我太狂傲无知了。我说我觉得委屈，真是实话；请看吧：一月挣六块钱，这跟当仆人的一样，而没有仆人们那些"外找儿"；死挣六块钱，就凭这么个大人——腰板挺直，样子漂亮，年轻力壮，能说会道，还得识文断字！这一大堆资格，一共值六块钱！

六块钱饷粮，扣去三块半钱的伙食，还得扣去什么人情公议儿，净剩也就是两块上下钱吧。衣服自然是可以穿官发的，可是到休息的时候，谁肯还穿着制服回家呢；那么，不作不作也得有件大褂什么的。要是把钱作了大褂，一个月就算白混。再说，谁没有家呢？父母——呕，先别提父母吧！就说一夫一妻吧：至少得赁一间房，得有老婆的吃，喝，穿。就凭那两块大洋！谁也不许生病，不许生小孩，不许吸烟，不许吃点零碎东西；连这么着，月月还不够嚼谷！

我就不明白为什么有人肯把姑娘嫁给当巡警的，虽然我常给同事的做媒。当我一到女家提说的时候，人家总对我一撇嘴，虽不明说，但是意思很明显，"哼！当巡警的"！可是我不怕这一撇嘴，因为十回倒有九回是撇完嘴而点了头。难道是世界上的姑娘太多了吗？我不知道。

由哪面儿看，巡警都活该是鼓着腮帮子充胖子而教人哭不得笑不得的。穿起制服来，干净利落，又体面又威风，车马行人，打架吵嘴，都由他管着。他这是差事；可是他一月除了吃饭，净剩两块来钱。他自己也知道中气不足，可是不能不硬挺着腰板，到时候他得娶妻生子，还是仗着那两块来钱。提婚的时候，头一句是说："小人呀当差！"当差的底下还有什么呢？没人愿意细问，一问就糟到底。

是的，巡警们都知道自己怎样的委屈，可是风里雨里他得去巡街下夜，一点懒儿不敢偷；一偷懒就有被开除的危险；他委屈，可不敢抱怨，他劳苦，可不敢偷闲，他知道自己在这里混不出来什么，而不敢冒险搁下差事。这点差事扔了可惜，作着又没劲；这些人也就人儿似的先混过一天是一天，在没劲中要露出劲儿来，像打太极拳似的。

世上为什么应当有这种差事，和为什么有这样多肯作这种差事的人？我想不出来。假若下辈子我再托生为人，而且忘了喝迷魂汤，还记得这一辈子的事，我必定要扯着脖子去喊：这玩艺儿整个的是丢人，是欺骗，是杀人不流血！现在，我老了，快饿死了，连喊这么几句也顾不及了，我还得先为下顿的窝窝头着忙呀！

自然在我初当差的时候，我并没有一下子就把这些都看清楚了，谁也没有那么聪明。反之，一上手当差我倒觉出点高兴来，穿上整齐的制服，靴帽，的确我是漂亮精神，而且心里说：好吧歹吧，这是个差事；凭我的聪明与本事，不久我必有个升腾。我很留神看巡长巡官们制服上的铜星与金道，而想象着我将来也能那样。我一点也没想到那铜星与金道并不按着聪明与本事颁给人们呀。

新鲜劲儿刚一过去，我已经讨厌那身制服了。它不教任何人尊敬，而只能告诉人："臭脚巡"来了！拿制服的本身说，它也很讨厌：夏天它就像牛皮似的，把人闷得满身臭汗；冬天呢，它一点也不像牛皮了，而倒像是纸糊的；它不许谁在里边多穿一点衣服，只好任着狂风由胸口钻进来，由脊背钻出去，整打个穿堂！再看那双皮鞋，冬冷夏热，永远不教脚舒服一会儿；穿单袜的时候，它好像是两大篓子似的，脚趾脚踵都在里边乱抓弄，而始终找不到鞋在哪里；到穿棉袜的时候，它们忽然变得很紧，不许棉袜与脚一齐伸进去。有多少人因包办制服皮鞋而发了财，我不知道，我只知道我的脚永远烂着，夏天闹湿气，冬天闹冻疮。自然，烂脚也得照常的去巡街站岗，要不然就别挣那六块洋钱！多么热，或多么冷，别人都可以找地方去躲一躲，连洋车夫都可以自由的歇半天，巡警得去巡街，得去站岗，热死冻死都活该，那六块现大洋买着你的命呢！

记得在哪儿看见过这么一句：食不饱，力不足。不管这句在原地方讲的是什么吧，反正拿来形容巡警是没有多大错儿的。最可怜，又可笑的是我们既吃不饱，还得挺着劲儿，站在街上得像个样子！要饭的花子有时不饿也弯着腰，假充饿了三天三夜；反之，巡警却不饱也得鼓起肚皮，假装刚吃完三大碗鸡丝面似的。花子装饿倒有点道理，我可就是想不出巡警假装酒足饭饱有什么理由来，我只觉得这真可笑。

人们都不满意巡警的对付事，抹稀泥。哼！抹稀泥自有它的理由。不过，在细说这个道理之前，我愿先说件极可怕的事。有了这件可怕的事，我再返回头来细说那些理由，仿佛就更顺当，更生动。好！就这样办啦。

## 七

应当有月亮，可是教黑云给遮住了，处处都很黑。我正在个僻静的地方巡夜。我的鞋上钉着铁掌，那时候每个巡警又须带着一把东洋刀，四下里鸦雀无声，听着我自己的铁掌与佩刀的声响，我感到寂寞无聊，而且几乎有点害怕。眼前忽然跑过一只猫，或忽然听见一声鸟叫，都教我觉得不是味儿，勉强着挺起胸来，可是心中总空空虚虚的，仿佛将有些什么不幸的事情在前面等着我。不完全是害怕，又不完全气粗胆壮，就那么怪不得劲的，手心上出了点凉汗。平日，我很有点胆量，什么看守死尸，什么独自看管一所脏房，都算不了一回事。不知为什么这一晚上我这样胆虚，心里越要耻笑自己，便越觉得不定哪里藏着点危险。我不便放快了脚步，可是心中急切的希望快回去，回到那有灯光与朋友的地方去。

忽然，我听见一排枪！我立定了，胆子反倒壮起来一点；真正的危险似乎倒可以治好了胆虚，惊疑不定才是恐惧的根源。我听着，像夜行的马竖起耳朵那样。又一排枪，又一排枪！没声了，我等着，听着，静寂得难堪。像看见闪电而等着雷声那样，我的心跳得很快。啪，啪，啪，啪，四面八方都响起来了！

我的胆气又渐渐的往下低落了。一排枪，我壮起气来；枪声太多了，真遇到危险了；我是个人，人怕死；我忽然的跑起来，跑了几步，猛的又立住，听一听，枪声越来越密，看不见什么，四下漆黑，只有枪声，不知为什么，不知在哪里，黑暗里只有我一个人，听着远处的枪响。往哪里跑？到底是什么事？应当想一想，又顾不得想；胆大也没用，没有主意就不会有胆量。还是跑吧，糊涂的乱动，总比呆立哆嗦着强。我跑，狂跑，手紧紧的握住佩刀。像受了惊的猫狗，不必想也知道往家里跑。我已忘了我是巡警，我得先回家看看我那没娘的孩子去，要是死就死在一处！

要跑到家，我得穿过好几条大街。刚到了头一条大街，我就晓得不容易再跑了。街上黑黑忽忽的人影，跑得很快，随跑随着放枪。兵！我知道那是些辫子兵。而我才刚剪了发不多日子。我很后悔我没像别人那样把头发盘起来，而是连根儿烂真正剪去了辫子。假若我能马上放下辫子来，虽然这些兵们平素很讨厌巡警，可是因为我有辫子或者不至于把枪口冲着我来。在他们眼中，没有辫子便是二毛子，该杀。我没有了这么条宝贝！我不敢再动，只能藏在黑影里，看事行事。兵们在路上跑，一队跟着一队，枪声不停。我不晓得他们是干什么呢？待一会儿，兵们好像是都过去了，我往外探了探头，见外面没有什么动静，我就像一只夜鸟儿似的飞过了马路，到了街的另一边。在这极快的穿过马路的一会儿里，我的眼梢撩着一点红光。十字街头起了火。我还藏在黑影里，不久，火光远远的照亮了一片；再探头往外看，我已可以影影抄抄的看到十字街口，所有四面把角的铺户已全烧起来，火影中那些兵们来回的奔跑，放着枪。我明白了，这是兵变。不久，火光更多了，一处接着一处，由光亮的距离我可以断定：凡是附近的十字口与丁字街全烧了起来。

说句该挨嘴巴的话，火是真好看！远处，漆黑的天上，忽然一白，紧跟着又黑了。忽然又一白，猛的冒起一个红团，有一块天像烧红的铁板，红得可怕。在红光里看见了多少股黑烟，和火舌们高低不齐的往上冒，一会儿烟遮住了火苗；一会儿火苗冲破了黑烟。黑烟滚着，转着，千变万化的往上升，凝成一片，罩住下面的火光，像浓雾掩住了夕阳。待一会儿，火光明亮了一些，烟也改成灰白色儿，纯净，旺炽，火苗不多，而光亮结成一片，照明了半个天。那近处的，烟与火中带着种种的响声，烟往高处起，火往四下里奔；烟像些丑恶的黑龙，火像些乱长乱钻的红铁笋。烟裹着火，火裹着烟，卷起多高，忽然离散，黑烟里落下无数的火花，或者三五个极大的火团。火花火团落下，烟像痛快轻松了一些，翻滚着向上冒。火团下降，在半空中遇到下面的火柱，又狂喜的往上跳跃，炸出无数火花。火团远落，遇到可以燃烧的东西，整个的再点起一把新火，新烟掩住旧火，一时变为黑暗；新火冲出了黑烟，与旧火联成一气，处处是火舌，火柱，飞舞，吐动，摇摆，癫狂。忽然哗啦一声，一架房倒下去，火星，焦炭，尘土，白烟，一齐飞扬，火苗压在下面，一齐在底下往横里吐射，像千百条探头吐舌的火蛇。静寂，静寂，火蛇慢慢的，忍耐的，往上翻。绕到上边来，与高处的火接到一处，通明，纯亮，忽忽的响着，要把人的心全照亮了似的。

我看着，不，不但看着，我还闻着呢！在种种不同的味道里，我咂摸着：这是那个金匾黑字的绸缎庄，那是那个山西人开的油酒店。由这些味道，我认识了那些不同的火团，轻而高飞的一定是茶叶铺的，迟笨黑暗的一定是布店的。这些买卖都不是我的，可是我都认得，闻着它们火葬的气味，看着它们火团的起落，我说不上来心中怎样难过。

我看着，闻着，难过，我忘了自己的危险，我仿佛是个不懂事的小孩，只顾了看热闹，而忘了别的一切。我的牙打得很响，不是为自己害怕，而是对这奇惨的美丽动了心。

回家是没希望了。我不知道街上一共有多少兵，可是由各处的火光猜度起来，大概是热闹的街口都有他们。他们的目的是抢劫，可是顺着手儿已经烧了这么多

铺户，焉知不就棍打腿的杀些人玩玩呢？我这剪了发的
巡警在他们眼中还不和个臭虫一样，只须一搂枪机就完
了，并不费多少事。

想到这个，我打算回到"区"里去，"区"离我
不算远，只须再过一条街就行了。可是，连这个也太晚
了。当枪声初起的时候，连贫带富，家家关了门；街上
除了那些横行的兵们，简直成了个死城。及至火一起
来，铺户里的人们开始在火影里奔走，胆大一些的立在
街旁，看着自己的或别人的店铺燃烧，没人敢去救火，
可也舍不得走开，只那么一声不出的看着火苗乱窜。胆
小一些的呢，争着往胡同里藏躲，三五成群的藏在巷
内，不时向街上探探头，没人出声，大家都哆嗦着。火
越烧越旺了，枪声慢慢的稀少下来，胡同里的住户仿佛
已猜到是怎么一回事，最先是有人开门向外望望，然后
有人试着步往街上走。街上，只有火光人影，没有巡
警，被兵们抢过的当铺与首饰店全大敞着门！……这样
的街市教人们害怕，同时也教人们胆大起来；一条没有
巡警的街正像是没有老师的学房，多么老实的孩子也要
闹哄闹哄。一家开门，家家开门，街上人多起来；铺户
已有被抢过的了，跟着抢吧！平日，谁能想到那些良善

守法的人民会去抢劫呢？哼！机会一到，人们立刻显露了原形。说声抢，壮实的小伙子们首先进了当铺，金店，钟表行。男人们回去一趟，第二趟出来已搀夹上女人和孩子们。被兵们抢过的铺子自然不必费事，进去随便拿就是了；可是紧跟着那些尚未被抢过的铺户的门也拦不住谁了。粮食店，茶叶铺，百货店，什么东西也是好的，门板一律砸开。

我一辈子只看见了这么一回大热闹：男女老幼喊着叫着，狂跑着，拥挤着，争吵着，砸门的砸门，喊叫的喊叫，嗑喳！门板倒下去，一窝蜂似的跑进去，乱挤乱抓，压倒在地的狂号，身体利落的往柜台上蹿，全红着眼，全拼着命，全奋勇前进，挤成一团，倒成一片，散走全街。背着，抱着，扛着，曳着，像一片战胜的蚂蚁，昂首疾走，去而复归，呼妻唤子，前呼后应。

苦人当然出来了，哼！那中等人家也不甘落后呀！

贵重的东西先搬完了，煤米柴炭是第二拨。有的整坛的搬着香油，有的独自扛着两口袋面，瓶子罐子碎了一街，米面洒满了便道，抢啊！抢啊！抢啊！谁都恨自己只长了一双手，谁都嫌自己的腿脚太慢；有的人会推着一坛子白糖，连人带坛在地上滚，像屎壳郎推着个大粪球。

强中自有强中手，人是到处会用脑子的！有人拿出切菜刀来了，立在巷口等着："放下！"刀晃了晃。口袋或衣服，放下了；安然的，不费力的，拿回家去。"放下！"不灵验，刀下去了，把面口袋砍破，下了一阵小雪，二人滚在一团。过路的急走，捎带着说了句："打什么，有的是东西！"两位明白过来，立起来向街头跑去。抢啊，抢啊！有的是东西！

我挤在了一群买卖人的中间，藏在黑影里。我并没说什么，他们似乎很明白我的困难，大家一声不出，而紧紧的把我包围住。不要说我还是个巡警，连他们买卖人也不敢抬起头来。他们无法去保护他们的财产与货物，谁敢出头抵抗谁就是不要命，兵们有枪，人民也有切菜刀呀！是的，他们低着头，好像倒怪羞惭似的。他们唯恐和抢劫的人们——也就是他们平日的照顾主儿——对了脸，羞恼成怒，在这没有王法的时候，杀几个买卖人总不算一回事呢！所以，他们也保护着我。想想看吧，这一带的居民大概不会不认识我吧！我三天两头的到这里来巡逻。平日，他们在墙根撒尿，我都要讨他们的厌，上前干涉；他们怎能不恨恶我呢！现在大家正在兴高采烈的白拿东西，要是遇见我，他们一人给我一砖头，我也就活不成了。即使他们不认识我，反正我是穿着制服，佩着东洋刀呀！在这个局面下，冒而咕咚的出来个巡警，够多么不合适呢！我满可以上前去道歉，说我不该这么冒失，他们能白白的饶了我吗？

街上忽然清静了一些，便道上的人纷纷往胡同里跑，马路当中走着七零八散的兵，都走得很慢；我摘下帽子，从一个学徒的肩上往外看了一眼，看见一位兵士，手里提着一串东西，像一串儿螃蟹似的。我能想到那是一串金银的镯子。他身上还有多少东西，不晓得，不过一定有许多硬货，因为他走得很慢。多么自然，多么可羡慕呢！自自然然的，提着一串镯子，在马路中心缓缓的走，有烧亮的铺户作着巨大的火把，给他们照亮了全城！

兵过去了，人们又由胡同里钻出来。东西已抢得差不多了，大家开始搬铺户的门板，有的去摘门上的匾额。我在报纸上常看见"彻底"这两个字，咱们的良民们打抢的时候才真正彻底呢！

这时候，铺户的人们才有出头喊叫的："救火呀！救火呀！别等着烧净了呀！"喊得教人一听见就要落泪！我身旁的人们开始活动。我怎么办呢？他们要是都去救火，剩下我这一个巡警，往哪儿跑呢？我拉住了一个屠户！他脱给了我那件满是猪油的大衫。把帽子夹在夹肢窝底下。一手握着佩刀，一手揪着大襟，我擦着墙根，逃回"区"里去。

## 八

我没去抢，人家所抢的又不是我的东西，这回事简直可以说和我不相干。可是，我看见了，也就明白了。明白了什么？我不会干脆的，恰当的，用一半句话说出来；我明白了点什么意思，这点意思教我几乎改变了点脾气。丢老婆是一件永远忘不了的事，现在它有了伴儿，我也永远忘不了这次的兵变。丢老婆是我自己的事，只须记在我的心里，用不着把家事国事天下事全拉扯上。这次的变乱是多少万人的事，只要我想一想，我便想到大家，想到全城，简直的我可以用这回事去断定许多的大事，就好像报纸上那样谈论这个问题那个问题似的。对了，我找到了一句漂亮的了。这件事教我看出一点意思，由这点意思我哑摸着许多问题。不管别人听得懂这句与否，我可真觉得它不坏。

　　我说过了：自从我的妻潜逃之后，我心中有了个空儿。经过这回兵变，那个空儿更大了一些，松松通通的能容下许多玩艺儿。还接着说兵变的事吧！把它说完全了，你也就可以明白我心中的空儿为什么大起来了。

　　当我回到宿舍的时候，大家还全没睡呢。不睡是当然的，可是，大家一点也不显着着急或恐慌，吸烟的吸烟，喝茶的喝茶，就好像有红白事熬夜那样。我的狼狈的样子，不但没引起大家的同情，倒招得他们直笑。我本排着一肚子话要向大家说，一看这个样子也就不必再言语了。我想去睡，可是被排长给拦住了："别睡！待一会儿，天一亮，咱们全得出去弹压地面！"这该轮到我发笑了；街上烧抢到那个样子，并不见一个巡警，等到天亮再去弹压地面，岂不是天大的笑话！命令是命令，我只好等到天亮吧！

　　还没到天亮，我已经打听出来：原来高级警官们都预先知道兵变的事儿，可是不便于告诉下级警官和巡警们。这就是说，兵变是警察们管不了的事，要变就变吧；下级警官和巡警们呢，夜间糊糊涂涂的照常去巡逻站岗，是生是死随他们去！这个主意够多么活动而毒辣呢！再看巡警们呢，全和我自己一样，听见枪声就往回跑，谁也不傻。这样巡警正好对得起这样警官，自上而下全是瞎打混的当"差事"，一点不假！

虽然很要困，我可是急于想到街上去看看，夜间那一些情景还都在我的心里，我愿白天再去看一眼，好比较比较，教我心中这张画儿有头有尾。天亮得似乎很慢，也许是我心中太急。天到底慢慢的亮起来，我们排上队。我又要笑，有的人居然把盘起来的辫子梳好了放下来，巡长们也作为没看见。有的人在快要排队的时候，还细细刷了刷制服，用布擦亮了皮鞋！街上有那么大的损失，还有人顾得擦亮了鞋呢。我怎能不笑呢！

到了街上，我无论如何也笑不出了！从前，我没真明白过什么叫作"惨"，这回才真晓得了。天上还有几颗懒得下去的大星，云色在灰白中稍微带出些蓝，清凉，暗淡。到处是焦糊的气味，空中游动着一些白烟。铺户全敞着门，没有一个整窗子，大人和小徒弟都在门口，或坐或立，谁也不出声，也不动手收拾什么，像一群没有主儿的傻羊。火已经停止住延烧，可是已被烧残的地方还静静的冒着白烟，吐着细小而明亮的火苗。微风一吹，那烧焦的房柱忽然又亮起来，顺着风摆开一些小火旗。最初起火的几家已成了几个巨大的焦土堆，山墙没有倒，空空的围抱着几座冒烟的坟头。最后燃烧的地方还都立着，墙与前脸全没塌倒，可是门窗一律烧掉，成了些黑洞。有一只猫还在这样的一家门口坐着，被烟熏的连连打嚏，可是还不肯离开那里。

平日最热闹体面的街口变成了一片焦木头破瓦，成群的焦柱静静的立着，东西南北都是这样，懒懒的，无聊的，欲罢不能的冒着些烟。地狱什么样？我不知道。大概这就差不多吧！我一低头，便想起往日街头上的景象，那些体面的铺户是多么华丽可爱。一抬头，眼前只剩了焦糊的那么一片。心中记得的景象与眼前看见的忽然碰到一处，碰出一些泪来。这就叫作"惨"吧？火场外有许多买卖人与学徒们呆呆的立着，手揣在袖里，对着残火发愣。遇见我们，他们只淡淡的看那么一眼，没有任何别的表示，仿佛他们已绝了望，用不着再动什么感情。

过了这一带火场，铺户全敞着门窗，没有一点动静，便道上马路上全是破碎的东西，比那火场更加凄惨。火场的样子教人一看便知道那是遭了火灾，这一片破碎静寂的铺户与东西使人莫名其妙，不晓得为什么繁华的街市会忽然变成绝大的垃圾堆。我就被派在这里站岗。我的责任是什么呢？不知道。我规规矩矩的立在那里，连动也不敢动，这破烂的街市仿佛有一股凉气，把我吸住。一些妇女和小孩子还在铺子外边拾取一些破东西，铺子的人不作声，我也不便去管；我觉得站在那里简直是多此一举。

太阳出来，街上显着更破了，像阳光下的叫化子那么丑陋。地上的每一个小物件都露出颜色与形状来，花哨的奇怪，杂乱得使人憋气。没有一个卖菜的，赶早市的，卖早点心的，没有一辆洋车，一匹马，整个的街上就是那么破破烂烂，冷冷清清，连刚出来的太阳都仿佛垂头丧气不大起劲，空空洞洞的悬在天上。一个邮差从我身旁走过去，低着头，身后扯着一条长影。我哆嗦了一下。

待了一会儿，段上的巡官下来了。他身后跟着一名巡警，两人都非常的精神在马路当中当当的走，好像得了什么喜事似的。巡官告诉我：注意街上的秩序，大令已经下来了！我行了礼，莫名其妙他说的是什么？那名巡警似乎看出来我的傻气，低声找补了一句：赶开那些拾东西的，大令下来了！我没心思去执行，可是不敢公然违抗命令，我走到铺户外边，向那些妇人孩子们摆了摆手，我说不出话来！

一边这样维持秩序，我一边往猪肉铺走，为是说一声，那件大褂等我给洗好了再送来。屠户在小肉铺门口坐着呢，我没想到这样的小铺也会遭抢，可是竟自成个空铺子了。我说了句什么，屠户连头也没抬。我往铺子里望了望：大小肉墩子，肉钩子，钱筒子，油盘，凡是能拿走的吧，都被人家拿走了，只剩下了柜台和架肉案子的土台！

我又回到岗位，我的头痛得要裂。要是老教我看着这条街，我知道不久就会疯了。

大令真到了。十二名兵，一个长官，捧着就地正法的令牌，枪全上着刺刀。呕！原来还是辫子兵啊！他们抢完烧完，再出来就地正法别人；什么玩艺呢？我还得给令牌行礼呀！

行完礼，我急快往四下里看，看看还有没有捡拾零碎东西的人，好警告他们一声。连屠户的木墩都搬了走的人民，本来值不得同情；可是被辫子兵们杀掉，似乎又太冤枉。

说时迟，那时快，一个十四五岁的男孩子没有走脱。枪刺围住了他，他手中还攥住一块木板与一只旧鞋。拉倒了，大刀亮出来，孩子喊了声"妈！"血溅出去多远，身子还抽动，头已悬在电线杆子上！

我连吐口唾沫的力量都没有了，天地都在我眼前翻转。杀人，看见过，我不怕。我是不平！我是不平！请记住这句，这就是前面所说过的，"我看出一点意思"的那点意思。想想看，把整串的金银镯子提回营去，而后出来杀个拾了双破鞋的孩子，还说就地正"法"呢！天下要有这个"法"，我×"法"的亲娘祖奶奶！请原谅我的嘴这么野，但是这种事恐怕也不大文明吧？

事后，我听人家说，这次的兵变是有什么政治作用，所以打抢的兵在事后还出来弹压地面。连头带尾，一切都是预先想好了的。什么政治作用？咱不懂！咱只想再骂街。可是，就凭咱这么个"臭脚巡"，骂街又有什么用呢！

## 九

简直我不愿再提这回事了，不过为圆上场面，我总得把问题提出来；提出来放在这里，比我聪明的人有的是，让他们自己去细咂摸吧！

怎么会"政治作用"里有兵变？

若是有意教兵来抢，当初干吗要巡警？

巡警到底是干吗的？是只管在街上小便的，而不管抢铺子的吗？

安善良民要是会打抢，巡警干吗去专拿小偷？

人们到底愿意要巡警不愿意？不愿意吧！为什么刚要打架就喊巡警，而且月月往外拿"警捐"？愿意吧！为什么又喜欢巡警不管事：要抢的好去抢，被抢的也一声不言语？

好吧，我只提出这么几个"样子"来吧！问题还多得很呢！我既不能去解决，也就不便再瞎叨叨了。这几个"样子"就真够教我糊涂的了，怎想怎不对，怎摸不清哪里是哪里，一会儿它有头有尾，一会儿又没头没尾，我这点聪明不够想这么大的事的。

我只能说这么一句老话，这个人民，连官儿，兵丁，巡警，带安善的良民，都"不够本"！所以，我心中的空儿就更大了呀！在这群"不够本"的人们里活着，就是个对付劲儿，别讲究什么"真"事儿，我算是看明白了。

还有个好字眼儿，别忘下："汤儿事"。谁要是跟我一样，想不出什么好办法来，顶好用这个话，又现成，又恰当，而且可以不至把自己绕糊涂了。"汤儿事"，完了；如若还嫌稍微秃一点呢，再补上"真他妈的"，就挺合适。

十

不须再发什么议论，大概谁也能看清楚咱们国的人是怎回事了。由这个再谈到警察，稀松二五眼正是理之当然，一点也不出奇。就拿抓赌来说吧：早年间的赌局都是由顶有字号的人物作后台老板；不但官面上不能够抄拿，就是出了人命也没有什么了不得的；赌局里打死人是常有的事。赶到有了巡警之后，赌局还照旧开着，敢去抄吗？这谁也能明白，不必我说。可是，不抄吧，又太不像话；怎么办呢？有主意，捡着那老实的办儿案，拿几个老头儿老太太，抄去几打儿纸牌，罚上十头八块的。巡警呢，算交上了差事；社会上呢，大小也有个风声，行了。拿这一件事比方十件事，警察自从一开头就是抹稀泥。它养着一群混饭吃的人，作些个混饭吃的事。社会上既不需要真正的巡警，巡警也犯不上为六块钱卖命。这很清楚。

这次兵变过后，我们的困难增多了老些。年轻的小

伙子们，抢着了不少的东西，总算发了邪财。有的穿着
两件马褂，有的十个手指头戴着十个戒指，都扬扬得意
的在街上扭，斜眼看着巡警，鼻子里哽哽的哼白气。我
只好低下头去，本来吗，那么大的阵式，我们巡警都一
声没出，事后还能怨人家小看我们吗？赌局到处都是，
白抢来的钱，输光了也不折本儿呀！我们不敢去抄，想
抄也抄不过来，太多了。我们在墙儿外听见人家里面喊
"人九"，"对子"，只作为没听见，轻轻的走过去。
反正人们在院儿里头耍，不到街上来就行。哼！人们连
这点面子也不给咱们留呀！那穿两件马褂的小伙子们偏
要显出一点也不怕巡警——他们的祖父，爸爸，就没怕
过巡警，也没见过巡警，他们为什么这辈子应当受巡警
的气呢？——单要来到街上赌一场。有骰子就能开宝，
蹲在地上就玩起活来。有一对石球就能踢，两人也行，
五个人也行："一毛钱一脚，踢不踢？好啦！'倒回
来！'"拍，球碰了球，一毛。耍儿真不小呢，一点钟
里也过手好几块。这都在我们鼻子底下，我们管不管
呢？管吧！一个人，只佩着连豆腐也切不齐的刀，而赌
家老是一帮年轻的小伙子。明人不吃眼前亏，巡警得绕
着道儿走过去，不管的为是。可是，不幸，遇见了稽

察："你难道瞎了眼，看不见他们聚赌？"回去，至轻是记一过。这份儿委屈上哪儿诉去呢？

这样的事还多得很呢！以我自己说，我要不是佩着那么把破刀，而是拿着把手枪，跟谁我也敢碰碰，六块钱的饷银自然合不着卖命，可是泥人也有个土性，架不住碰在气头儿上。可是，我摸不着手枪，枪在土匪和大兵手里呢。

明明看见了大兵坐了车不给钱，而且用皮带抽洋车夫，我不敢不笑着把他劝了走。他有枪，他敢放，打死个巡警算得了什么呢！有一年，在三等窑子里，大兵们打死了我们三位弟兄，我们连凶首也没要出来。三位弟兄白白的死了，没有一个抵偿的，连一个挨几十军棍的也没有！他们的枪随便放，我们赤手空拳，我们这是文明事儿呀！

总而言之吧，在这么个以蛮横不讲理为荣，以破坏秩序为增光耀祖的社会里，巡警简直是多余。明白了这个，再加上我们前面所说过的食不饱力不足那一套，大概谁也能明白个八九成了。我们不抹稀泥，怎么办呢？我——我是个巡警——并不求谁原谅，我只是愿意这么说出来，心明眼亮，好教大家心里有个谱儿。

爽性我把最泄气的也说了吧：

当过了一二年差事，我在弟兄们中间已经是个了不得的人物。遇见官事，长官们总教我去挡头一阵。弟兄们并不因此而忌妒我，因为对大家的私事我也不走在后边。这样，每逢出个排长的缺，大家总对我咕唧："这回一定是你补缺了！"仿佛他们非常希望要我这么个排长似的。虽然排长并没落在我身上，可是我的才干是大家知道的。

我的办事诀窍，就是从前面那一大堆话中抽出来的。比方说吧，有人来报被窃，巡长和我就去察看。糙糙的把门窗户院看一过儿，顺口搭音就把我们在哪儿有岗位，夜里有几趟巡逻，都说得详详细细，有滋有味，仿佛我们比谁都精细，都卖力气。然后，找门窗不甚严密的地方，话软而意思硬的开始反攻："这扇门可不大保险，得安把洋锁吧？告诉你，安锁要往下安，门坎那溜儿就很好，不容易教贼摸到。屋里养着条小狗也是办法，狗圈在屋里，不管是多么小，有动静就会汪汪，比院里放着三条大狗还有用。先生你看，我们多留点神，你自己也得注点意，两下一凑合，准保丢不了东西了。好吧，我们回去，多派几名下夜的就是了；先生歇着吧！"这一套，把我们的责任卸了，他就赶紧得安锁养小狗；遇见和气的主儿呢，还许给我们泡壶茶喝。这就是我的本事。怎么不负责任，而且不教人看出抹稀泥来，我就怎办。话要说得好听，甜嘴蜜舌的把责任全推到一边去，准保不招灾不惹祸。弟兄们都会这一套，可是他们的嘴与神气差着点劲儿。一句话有多少种说法，把神气弄对了地方，话就能说出去又拉回来，像有弹簧似的。这点，我比他们强，而且他们还是学不了去，这是天生来的才分！

赶到我独自下夜，遇见贼，你猜我怎么办？我呀！把佩刀攥在手里，省得有响声；他爬他的墙，我走我的路，各不相扰。好吗，真要教他记恨上我，藏在黑影儿里给我一砖，我受得了吗？那谁，傻王九，不是瞎了一只眼吗？他还不是为拿贼呢！有一天，他和董志和在街口上强迫给人们剪发，一人手里一把剪刀，见着带小辫的，拉过来就是一剪子。哼！教人家记上了。等傻王九走单了的时候，人家照准了他的眼就是一把石灰："让你剪我的发，×你妈妈的！"他的眼就那么瞎了一只。你说，这差事要不像我那么去当，还活着不活着呢？凡是巡警们以为该干涉的，人们都以为是"狗拿耗子多管闲事"，有什么法子呢？

我不能像傻王九似的，平白无故的丢去一只眼睛，我还留着眼睛看这个世界呢！轻手蹑脚的躲开贼，我的心里并没闲着，我想我那俩没娘的孩子，我算计这一个月的嚼谷。也许有人一五一十的算计，而用洋钱作单位吧？我呀，得一个铜子一个铜子的算。多几个铜子，我心里就宽绰；少几个，我就得发愁。还拿贼，谁不穷呢？穷到无路可走，谁也会去偷，肚子才不管什么叫作体面呢！

## 十一

这次兵变过后，又有一次大的变动：大清国改为中华民国了。改朝换代是不容易遇上的，我可是并没觉得这有什么意思。说真的，这百年不遇的事情，还不如兵变热闹呢。据说，一改民国，凡事就由人民主管了；可是我没看见。我还是巡警，饷银没有增加，天天出来进去还是那一套。原先我受别人的气，现在我还是受气；原先大官儿们的车夫仆人欺负我们，现在新官儿手底下的人也并不和气。"汤儿事"还是"汤儿事"，倒不因为改朝换代有什么改变。可也别说，街上剪发的人比从前多了一些，总得算作一点进步吧。牌九押宝慢慢的也少起来，贫富人家都玩"麻将"了，我们还是照样的不敢去抄赌，可是赌具不能不算改了良，文明了一些。

民国的民倒不怎样，民国的官和兵可了不得！像雨后的蘑菇似的，不知道哪儿来的这么些官和兵。官和兵本不当放在一块儿说，可是他们的确有些相像的地方。昨天还一脚黄土泥，今天作了官或当了兵，立刻就瞪眼；越糊涂，眼越瞪得大，好像是糊涂灯，糊涂得透亮儿。这群糊涂玩艺儿听不懂哪叫好话，哪叫歹话，无论你说什么，他们总是横着来。他们糊涂得教人替他们难过，可是他们很得意。有时候他们教我都这么想了：我这辈大概作不了文官或是武官啦！因为我糊涂的不够程度。

几乎是个官儿就可以要几名巡警来给看门护院，我们成了一种保镖的，挣着公家的钱，可为私人作事。我便被派到宅门里去。从道理上说，为官员看守私宅简直不能算作差事；从实利上讲，巡警们可都愿意这么被派出来。我一被派出来，就拔升为"三等警"；"招募警"还没有被派出来的资格呢！我到这时候才算入了"等"。再说呢，宅门的事情清闲，除了站门，守夜，没有别的事可作；至少一年可以省出一双皮鞋来。事情少，而且外带着没有危险；宅里的老爷与太太若打起架来，用不着我们去劝，自然也就不会把我们打在底下而受点误伤。巡夜呢，不过是绕着宅子走两圈，准保遇不上贼；墙高狗厉害，小贼不能来，大贼不便于来——大贼找退职的官儿去偷，既有油水，又不至于引起官面严拿；他们不惹有势力的现任官。在这里，不但用不着去抄赌，我们反倒保护着老爷太太们打麻将。遇到宅里请客玩牌，我们就更清闲自在：宅门外放着一片车马，宅里到处亮如白昼，仆人来往如梭，两三桌麻将，四五盏烟灯，彻夜的闹哄，绝不会闹贼，我们就睡大觉，等天亮散局的时候，我们再出来站门行礼，给老爷们助威。要赶上宅里有红白事，我们就更合适：喜事唱戏，我们跟着白听戏，准保都是有名的角色，在戏园子里绝听不到这么齐全。丧事呢，虽然没戏可听，可是死人不能一半天就抬出去，至少也得停三四十天，念好几棚经；好了，我们就跟着吃吧；他们死人，咱们就吃犒劳。怕就怕死小孩，既不能开吊，又得听着大家呕呕的真哭。其次是怕小姐偷偷跑了，或姨太太有了什么大错而被休出去，我们捞不着吃喝看戏，还得替老爷太太们怪不得劲儿的！

教我特别高兴的，是当这路差事，出入也随便了许多，我可以常常回家看看孩子们。在"区"里或"段"上，请会儿浮假都好不容易，因为无论是在"内勤"或"外勤"，工作是刻板儿排好了的，不易调换更动。在宅门里，我站完门便没了我的事，只须对弟兄们说一声就可以走半天。这点好处常常教我害怕，怕再调回"区"里去；我的孩子们没有娘，还不多教他们看看父亲吗？

　　就是我不出去，也还有好处。我的身上既永远不疲乏，心里又没多少事儿，闲着干什么呢？我呀，宅上有的是报纸，闲着就打头到底的念。大报小报，新闻社论，明白吧不明白吧，我全念，老念。这个，帮助我不少，我多知道了许多的事，多识了许多的字。有许多字到如今我还念不出来，可是看惯了，我会猜出它们的意思来，就好像街面上常见着的人，虽然叫不上姓名来，可是彼此怪面善。除了报纸，我还满世界去借闲书看。不过，比较起来，还是念报纸的益处大，事情多，字眼儿杂，看着开心。唯其事多字多，所以才费劲；念到我不能明白的地方，我只好再拿起闲书来了。闲书老是那一套，看了上回，猜也会猜到下回是什么事；正因为它这样，所以才不必费力，看着玩玩就算了。报纸开心，闲书散心，这是我的一点经验。

在门儿里可也有坏处：吃饭就第一成了问题。在"区"里或"段"上，我们的伙食钱是由饷银里坐地儿扣，好歹不拘，天天到时候就有饭吃。派到宅门里来呢，一共三五个人，绝不能找厨子包办伙食，没有厨子肯包这样小的买卖的。宅里的厨房呢，又不许我们用；人家老爷们要巡警，因为知道可以白使唤几个穿制服的人，并不大管这群人有肚子没有。我们怎办呢？自己起灶，作不到，买一堆盆碗锅勺，知道哪时就又被调了走呢？再说，人家门头上要巡警原为体面好看，好，我们若是给人家弄得盆朝天碗朝地，刀勺乱响，成何体统呢？没法子，只好买着吃。

这可够别扭的。手里若是有钱，不用说，买着吃是顶自由了，爱吃什么就叫什么，弄两盅酒儿伍的，叫俩可口的菜，岂不是个乐子？请别忘了，我可是一月才共总进六块钱！吃的苦还不算什么，一顿一顿想主意可真教人难过，想着想着我就要落泪。我要省钱，还得变个样儿，不能老啃干馍馍辣饼子，像填鸭子似的。省钱与可口简直永远不能碰到一块，想想钱，我认命吧，还是弄几个干烧饼，和一块老腌萝卜，对付一下吧；想到身子，似乎又不该如此。想，越想越难过，越不能决定；一直饿到太阳平西还没吃上午饭呢！

我家里还有孩子呢！我少吃一口，他们就可以多吃一口，谁不心疼孩子呢？吃着包饭，我无法少交钱；现在我可以自由的吃饭了，为什么不多给孩子们省出一点来呢？好吧，我有八个烧饼才够，就硬吃六个，多喝两碗开水，来个"水饱"！我怎能不落泪呢！

看看人家宅门里吧，老爷挣钱没数儿！是呀，只要一打听就能打听出来他拿多少薪俸，可是人家绝不指着那点固定的进项，就这么说吧，一月挣八百块的，若是干挣八百块，他怎能那么阔气呢？这里必定有文章。这个文章是这样的，你要是一月挣六块钱，你就死挣那个数儿，你兜儿里忽然多出一块钱来，都会有人斜眼看你，给你造些谣言。你要是能挣五百块，就绝不会死挣这个数儿，而且你的钱越多，人们越佩服你。这个文章似乎一点也不合理，可是它就是这么作出来的，你爱信不信！

报纸上与宣讲所里常常提倡自由；事情要是等着提倡，当然是原来没有。我原没有自由；人家提倡了会子，自由还没来到我身上，可是我在宅门里看见它了。民国到底是有好处的，自己有自由没有吧，反正看见了也就得算开了眼。

你瞧，在大清国的时候，凡事都有个准谱儿；该穿蓝布大褂的就得穿蓝布大褂，有钱也不行。这个，大概就应叫作专制吧！一到民国来，宅门里可有了自由，只要有钱，你爱穿什么，吃什么，戴什么，都可以，没人敢管你。所以，为争自由，得拚命的去搂钱；搂钱也自由，因为民国没有御史。你要是没在大宅门待过，大概你还不信我的话呢，你去看看好了。现在的一个小官都比老年间的头品大员多享着点福：讲吃的，现在交通方便，山珍海味随便的吃，只要有钱。吃腻了这些还可以拿西餐洋酒换换口味；哪一朝的皇上大概也没吃过洋饭吧？讲穿的，讲戴的，讲看的听的，使的用的，都是如此；坐在屋里你可以享受全世界最好的东西。如今享福的人才真叫作享福，自然如今搂钱也比从前自由的多。别的我不敢说，我准知道宅门里的姨太太擦五十块钱一小盒的香粉，是由什么巴黎来的；巴黎在哪儿？我不知道，反正那里来的粉是很贵。我的邻居李四，把个胖小子卖了，才得到四十块钱，足见这香粉贵到什么地步了，一定是又细又香呀，一定！

好了，我不再说这个了；紧自贫嘴恶舌，倒好像我不赞成自由似的，那我哪敢呢！

我再从另一方面说几句，虽然还是话里套话，可是多少有点变化，好教人听着不俗气厌烦。刚才我说人家宅门里怎样自由，怎样阔气，谁可也别误会了人家作老爷的就整天的大把往外扔洋钱，老爷们才不这么傻呢！是呀，姨太太擦比一个小孩还贵的香粉，但是姨太太是姨太太，姨太太有姨太太的造化与本事。人家作老爷的给姨太太买那么贵的粉，正因为人家有地方可以抠出来。你就这么说吧，好比你作了老爷，我就能按着宅门的规矩告诉你许多诀窍：你的电灯，自来水，煤，电话，手纸，车马，天棚，家具，信封信纸，花草，都不用花钱；最后，你还可以白使唤几名巡警。这是规矩，你要不明白这个，你简直不配作老爷。告诉你一句到底的话吧，作老爷的要空着手儿来，满膛满馅的去，就好像刚惊蛰后的臭虫，来的时候是两张皮，一会儿就变成肚大腰圆，满兜儿血。这个比喻稍粗一点，意思可是不错。自由的搂钱，专制的省钱，两下里一凑合，你的姨太太就可以擦巴黎的香粉了。这句话也许说得太深奥了一些，随便吧！你爱懂不懂。

这可就该说到我自己了。按说，宅门里白使唤了咱们一年半载，到节了年了的，总该有个人心，给咱们哪怕是顿犒劳饭呢，也大小是个意思。哼！休想！人家作老爷的钱都留着给姨太太花呢，巡警算哪道货？等咱被调走的时候，求老爷给"区"里替我说句好话，咱都得感激不尽。

你看，命令下来，我被调到别处。我把铺盖卷打好，然后恭而敬之的去见宅上的老爷。看吧，人家那股子劲儿大了去啦！带理不理的，倒仿佛我偷了他点东西似的。我托咐了几句：求老爷顺便和"区"里说一声，我的差事当得不错。人家微微的一抬眼皮，连个屁都懒得放。我只好退出来了，人家连个拉铺盖的车钱也不给；我得自己把它扛了走。这就是他妈的差事，这就是他妈的人情！

## 十二

机关和宅门里的要人越来越多了。我们另成立了警卫队，一共有五百人，专作那义务保镖的事。为是显出我们真能保卫老爷们，我们每人有一杆洋枪，和几排子弹。对于洋枪——这些洋枪——我一点也不感觉兴趣；它又沉，又老，又破，我摸不清这是由哪里找来的一些专为压人肩膀，而一点别的用处没有的玩艺儿。我的子弹老在腰间围着，永远不准往枪里搁；到了什么大难临头，老爷们都逃走了的时候，我们才安上刺刀。

这可并非是说，我可以完全不管那枝破家伙；它虽然是那么破，我可得给它支使着。枪身里外，连刺刀，都得天天擦；即使永远擦不亮，我的手可不能闲着。心到神知！再说，有了枪，身上也就多了些玩艺儿，皮带，刺刀鞘，子弹袋子，全得弄得利落抹腻，不能像猪八戒挎腰刀那么懈懈松松的，还得打裹腿呢！

多出这么些事来，肩膀上添了七八斤的分量，我多挣了一块钱；现在我是一个月挣七块大洋了，感谢天地！

七块钱，扛枪，打裹腿，站门，我干了三年多。由这个宅门串到那个宅门，由这个衙门调到那个衙门；老爷们出来，我行礼；老爷进去，我行礼。这就是我的差事。这种差事才毁人呢：你说没事作吧，又有事；说有事作吧，又没事。还不如上街站岗去呢。在街上，至少得管点事，用用心思。在宅门或衙门，简直永远不用费什么一点脑子。赶到在闲散的衙门或汤儿事的宅子里，连站门的时候都满可以随便，挂着枪立着也行，抱着枪打盹也行。这样的差事教人不起一点儿劲，它生生的把人耗疲了。一个当仆人的可以有个盼望，哪儿的事情甜就想往哪儿去，我们当这份儿差事，明知一点好来头没有，可是就那么一天天的穷耗，耗得连自己都看不起了自己。按说，这么空闲无事，就应当吃得白白胖胖，也总算个体面呀。哼！我们并蹲不出膘儿来。我们一天老绕着那七块钱打算盘，穷得揪心。心要是揪上，还怎么会发胖呢？以我自己说吧，我的孩子已到上学的年岁了，我能不教他去吗？上学就得花钱，古今一理，不算出奇，可是我上哪里找这份钱去呢？作官的可以白占许多许多便宜，当巡警的连孩子白念书的地方也没有。上私塾吧，学费节礼，书籍笔墨，都是钱。上学校吧，制服，手工材料，种种本子，比上私塾还费的多。再说，孩子们在家里，饿了可以掰一块窝窝头吃；一上学，就得给点心钱，即使咱们肯教他揣着块窝窝头去，他自己肯吗？小孩的脸是更容易红起来的。

　　我简直没办法。这么大个活人，就会干瞪着眼睛看自己的儿女在家里荒荒着！我这辈无望了，难道我的儿女应当更不济吗？看着人家宅门的小姐少爷去上学，喝！车接车送，到门口还有老妈子丫环来接书包，抱进去，手里拿着橘子苹果，和新鲜的玩具。人家的孩子这样，咱的孩子那样；孩子不都是将来的国民吗？我真想辞差不干了。我愣当仆人去，弄俩零钱，好教我的孩子上学。

可是人就是别入了辙，入到哪条辙上便一辈子拔不出腿来。当了几年的差事——虽然是这样的差事——我事事入了辙，这里有朋友，有说有笑，有经验，它不教我起劲，可是我也仿佛不大能狠心的离开它。再说，一个人的虚荣心每每比金钱还有力量，当惯了差，总以为去当仆人是往下走一步，虽然可以多挣些钱。这可笑，很可笑，可是人就是这么个玩艺儿。我一跟朋友们说这个，大家都摇头。有的说，大家混的都很好的，干吗去改行？有的说，这山望着那山高，咱们这些苦人干什么也发不了财，先忍着吧！有的说，人家中学毕业生还有当"招募警"的呢，咱们有这个差事当，就算不错；何必呢？连巡官都对我说了：好歹混着吧，这是差事；凭你的本事，日后总有升腾！大家这么一说，我的心更活了，仿佛我要是固执起来，倒不大对得住朋友似的。好吧，还往下混吧。小孩念书的事呢？没有下文！

　　不久，我可有了个好机会。有位冯大人哪，官职大得很，一要就要十二名警卫；四名看门，四名送信跑道，四名作跟随。这四名跟随得会骑马。那时候，汽车还没出世，大官们都讲究坐大马车。在前清的时候，大官坐轿或坐车，不是前有顶马，后有跟班吗？这位冯大人愿意恢复这点官威，马车后得有四名带枪的警卫。敢情会骑马的人不好找，找遍了全警卫队，才找到了三个；三条腿不大像话，连巡官都急得直抓脑袋。我看出便宜来了：骑马，自然得有粮钱哪！为我的小孩念书起见，我得冒下子险，假如从马粮钱里能弄出块儿八毛的来，孩子至少也可以去私塾了。按说，这个心眼不甚好，可是我这是卖着命，我并不会骑马呀！我告诉了巡官，我愿意去。他问我会骑马不会？我没说我会，也没说我不会；他呢，反正找不到别人，也就没究根儿。

　　有胆子，天下便没难事。当我头一次和马见面的时候，我就合计好了：摔死呢，孩子们入孤儿院，不见得比在家里坏；摔不死呢，好，孩子们可以念书去了。这么一来，我就先不怕马了。我不怕它，它就得怕我，天下的事不都是如此吗？再说呢，我的腿脚利落，心里又灵，跟那三位会骑马的瞎扯巴了一会儿，我已经把骑马的招数知道了不少。找了匹老实的，我试了试，我手心里攥着把汗，可是硬说我有了把握。头几天，我的罪过真不小，浑身像散了一般，屁股上见了血。我咬了牙。等到伤好了，我的胆子更大起来，而且觉出来骑马的快乐。跑，跑，车多快，我多快，我算是治服了一种动物！

我把马治服了，可是没把粮草钱拿过来，我白冒了险。冯大人家中有十几匹马呢，另有看马的专人，没有我什么事。我几乎气病了。可是，不久我又高兴了：冯大人的官职是这么大，这么多，他简直没有回家吃饭的工夫。我们跟着他出去，一跑就是一天。他当然喽，到处都有饭吃，我们呢？我们四个人商议了一下，决定跟他交涉，他在哪里吃饭，也得有我们的。冯大人这个人心眼还不错，他很爱马，爱面子，爱手下的人。我们一对他说，他马上答应了。这个，可是个便宜。不用往多里说。我们要是一个月准能在外边白吃半个月的饭，我们不就省下半个月的饭钱吗？我高了兴！

冯大人，我说，很爱面子。当我们去见他交涉饭食的时候，他细细看了看我们。看了半天，他摇了摇头，自言自语的说："这可不行！"我以为他是说我们四个人不行呢，敢情不是。他登时要笔墨，写了个条子：

"拿这个见总队长去，教他三天内都办好！"把条子拿下来，我们看了看，原来是教队长给我们换制服：我们平常的制服是斜纹布的，冯大人现在教换呢子的；袖口，裤缝，和帽箍，一律要安金绦子。靴子也换，要过膝的马靴。枪要换上马枪，还另外给一人一把手枪。看完这个条子，连我们自己都觉得不合适：长官们才能穿呢衣，镶金绦，我们四个是巡警，怎能平白无故的穿上这一套呢？自然，我们不能去教冯大人收回条子去，可是我们也怪不好意思去见总队长。总队长要是不敢违抗冯大人，他满可以对我们四个人发发脾气呀！

你猜怎么着？总队长看了条子，连大气没出，照话而行，都给办了。你就说冯大人有多么大的势力吧！喝！我们四个人可抖起来了，真正细黑呢制服，镶着黄登登的金绦，过膝的黑皮长靴，靴后带着白亮亮的马刺，马枪背在背后，手枪挎在身旁，枪匣外搭拉着长杏黄穗子。简直可以这么说吧，全城的巡警的威风都教我们四个人给夺过来了。我们在街上走，站岗的巡警全都给我们行礼，以为我们是大官儿呢！

当我作裱糊匠的时候，稍微讲究一点的烧活，总得糊上匹菊花青的大马。现在我穿上这么抖的制服，我到马棚去挑了匹菊花青的马，这匹马非常的闹手，见了人是连啃带踢；我挑了它，因为我原先糊过这样的马，现在我得骑上匹活的；菊花青，多么好看呢！这匹马闹手，可是跑起来真作脸，头一低，嘴角吐着点白沫，长鬃像风吹着一垄春麦，小耳朵立着像俩小瓢儿；我只须一认镫，它就要飞起来。这一辈子，我没有过什么真正得意的事；骑上这匹菊花青大马，我必得说，我觉到了骄傲与得意！

按说，这回的差事总算过得去了，凭那一身衣裳与那匹马还不值得高高兴兴的混吗？哼！新制服还没穿过三个月，冯大人吹了台，警卫队也被解散；我又回去当三等警了。

## 十三

警卫队解散了。为什么？我不知道。我被调到总局里去当差，并且得了一面铜片的奖章，仿佛是说我在宅门里立下了什么功劳似的。在总局里，我有时候管户口册子，有时候管辅捐的账簿，有时候值班守大门，有时候看管军装库。这么二三年的工夫，我又把局子里的事情全明白了个大概。加上我以前在街面上，衙门口和宅门里的那些经验，我可以算作个百事通了，里里外外的事，没有我不晓得的。要提起警务，我是地道内行。可是一直到这个时候，当了十年的差，我才升到头等警，每月挣大洋九元。

大家伙或者以为巡警都是站街的，年轻轻的好管闲事。其实，我们还有一大群人在区里局里藏着呢。假若有一天举行总检阅，你就可以看见些稀奇古怪的巡警：罗锅腰的，近视眼的，掉了牙的，瘸着腿的，无奇不有。这些怪物才真是巡警中的盐，他们都有资格有经验，识文断字，一切公文案件，一切办事的诀窍，都在他们手里呢。要是没有他们，街上的巡警就非乱了营不可。这些人，可是永远不会升腾起来；老给大家办事，一点起色也没有，平生连出头露面的体面一次都没有过。他们任劳任怨的办事，一直到他们老得动不了窝，老是头等警，挣九块大洋。多咱你在街上看见：穿着洗得很干净的灰布大褂，脚底下可还穿着巡警的皮鞋，用脚后跟慢慢的走，仿佛支使不动那双鞋似的，那就准是这路巡警。他们有时候也到大"酒缸"上，喝一个"碗酒"，就着十几个花生豆儿，挺有规矩，一边往下咽那点辣水，一边叹着气。头发已经有些白的了，嘴巴儿可还刮得很光，猛看很像个太监。他们很规则，和蔼，会作事，他们连休息的时候还得穿着那双不得人心的鞋！

跟这群人在一处办事，我长了不少的知识。可是，我也有点害怕：莫非我也就这样下去了吗？他们够多么可爱，又多么可怜呢！看着他们，我心中时常忽然凉那么一下，教我半天说不上话来。不错，我比他们都年岁小，也不见得比他们不精明，可是我有希望没有呢？年岁小？我也三十六了！

这几年在局子里可也有一样好处，我没受什么惊险。这几年，正是年年春秋准打仗的时期，旁人受的罪我先不说，单说巡警们就真够瞧的。一打仗，兵们就成了阎王爷，而巡警头朝了下！要粮，要车，要马，要人，要钱，全交派给巡警，慢一点送上去都不行。一说要烙饼一万斤，得，巡警就得挨着家去到切面铺和烙烧饼的地方给要大饼；饼烙得，还得押着清道夫给送到营里去；说不定还挨几个嘴巴回来！

要单是这么伺候着兵老爷们，也还好；不，兵老爷们还横反呢。凡是有巡警的地方，他们非捣乱不可，巡警们管吧不好，不管吧也不好，活受气。世上有糊涂人，我晓得；但是兵们的糊涂令我不解。他们只为逞一时的字号，完全不讲情理；不讲情理也罢，反正得自己别吃亏呀；不，他们连自己吃亏不吃亏都看不出来，你说天下哪里再找这么糊涂的人呢。就说我的表弟吧，他已当过十多年的兵，后来几年还老是排长，按说总该明白点事儿了。哼！那年打仗，他押着十几名俘虏往营里送。喝！他得意非常的在前面领着，仿佛是个皇上似的。他手下的弟兄都看出来，为什么不先解除了俘虏的武装呢？他可就是不这么办，拍着胸膛说一点错儿没有。走到半路上，后面响了枪，他登时就死在了街上。他是我的表弟，我还能盼着他死吗？可是这股子糊涂劲儿，教我也没法抱怨开枪打他的人。有这样一个例子，你也就能明白一点兵们是怎样的难对付了。你要是告诉他，汽车别往墙上开，好啦，他就非去碰碰不可，把他自己碰死倒可以，他就是不能听你的话。

在总局里几年，没别的好处，我算是躲开了战时的危险与受气。自然罗！一打仗，煤米柴炭都涨价儿，巡警们也随着大家一同受罪，不过我可以安坐在公事房里，不必出去对付大兵们，我就得知足。

可是，在局里我又怕一辈子就窝在那里，永没有出头之日，有人情，可以升腾起来；没人情而能在外边拿贼办案，也是个路子，我既没人情，又不到街面上去，打哪儿升高一步呢？我越想越发愁。

## 十四

到我四十岁那年，大运亨通，我补了巡长！我顾不得想已经当了多少年的差，卖了多少力气，和巡长才挣多少钱；都顾不得想了。我只觉得我的运气来了！

小孩子拾个破东西，就能高兴的玩耍半天，所以小孩子能够快乐。大人们也得这样，或者才能对付着活下去。细细一想，事情就全糟。我升了巡长，说真的，巡长比巡警才多挣几块钱呢？挣钱不多，责任可有多么大呢！往上说，对上司们事事得说出个谱儿来；往下说，对弟兄们得又精明又热诚；对内说，差事得交得过去；对外说，得能不软不硬的办了事。这，比作知县难多了。县长就是一个地方的皇上，巡长没那个身份，他得认真办事，又得敷衍事，真真假假，虚虚实实，哪一点没想到就出蘑菇。出了蘑菇还是真糟，往上升腾不易呀，往下降可不难呢。当过了巡长再降下来，派到哪里去也不吃香：弟兄们咬吃，吓！你这作过巡长的，……这个那个的扯一堆。长官呢，看你是刺儿头，故意的给你小鞋穿，你怎么忍也忍不下去。怎办呢？哼！由巡长而降为巡警，顶好干脆卷铺盖家去，这碗饭不必再吃了。可是，以我说吧，四十岁才升上巡长，真要是卷了铺盖，我干吗去呢？

真要是这么一想，我登时就得白了头发。幸而我当时没这么想，只顾了高兴，把坏事儿全放在了一旁。我当时倒这么想：四十作上巡长，五十——哪怕是五十呢！——再作上巡官，也就算不白当了差。咱们非学校出身，又没有大人情，能作到巡官还算小吗？这么一想，我简直的拚了命，精神百倍的看着我的事，好像看着颗夜明珠似的！

作了二年的巡长，我的头上真见了白头发。我并没细想过一切，可是天天揪着心，唯恐哪件事办错了，担了处分。白天，我老喜笑颜开的打着精神办公；夜间，我睡不实在，忽然想起一件事，我就受了一惊似的，翻来覆去的思索；未必能想出办法来，我的困意可也就不再回来了。

公事而外，我为我的儿女发愁：儿子已经二十了，姑娘十八。福海——我的儿子——上过几天私塾，几天贫儿学校，几天公立小学。字吗，凑在一块儿他大概能念下来第二册国文；坏招儿，他可学会了不少，私塾的，贫儿学校的，公立小学的，他都学来了，到处准能考一百分，假若学校里考坏招数的话。本来吗，自幼失了娘，我又终年在外边瞎混，他可不是爱怎么反就怎么反啵。我不恨铁不成钢去责备他，也不抱怨任何人，我只恨我的时运低，发不了财，不能好好的教育他。我不算对不起他们，我一辈子没给他们弄个后娘，给他们气受。至于我的时运不济，只能当巡警，那并非是我的错儿，人还能大过天去吗？

福海的个子可不小，所以很能吃呀！一顿胡搂三大碗芝麻酱拌面，有时候还说不很饱呢！就凭他这个吃法，他再有我这么两份儿爸爸也不中用！我供给不起他上中学，他那点"秀气"也没法考上。我得给他找事作。哼！他会作什么呢？

从老早，我心里就这么嘀咕：我的儿子愣可去拉洋车，也不去当巡警；我这辈子当够了巡警，不必世袭这份差事了！在福海十二三岁的时候，我教他去学手艺，他哭着喊着的一百个不去。不去就不去吧，等他长两岁再说；对个没娘的孩子不就得格外心疼吗？到了十五岁，我给他找好了地方去学徒，他不说不去，可是我一转脸，他就会跑回家来。几次我送他走，几次他偷跑回来。于是只好等他再大一点吧，等他心眼转变过来也许就行了。哼！从十五到二十，他就愣荒荒过来，能吃能喝，就是不爱干活儿。赶到教我给逼急了："你到底愿意干什么呢？你说！"他低着脑袋，说他愿意挑巡警！他觉得穿上制服，在街上走，既能挣钱，又能就手儿散心，不像学徒那样永远圈在屋里。我没说什么，心里可刺着痛。我给打了个招呼，他挑上了巡警。我心里痛不痛的，反正他有事作，总比死吃我一口强啊。父是英雄儿好汉，爸爸巡警儿子还是巡警，而且他这个巡警还必定跟不上我。我到四十岁才熬上巡长，他到四十岁，哼！不教人家开革出来就是好事！没盼望！我没续娶过，因为我咬得住牙。他呢，赶明儿个难道不给他成家吗？拿什么养着呢？

是的，儿子当了差，我心中反倒堵上个大疙疸！

再看女儿呢，也十八九了，紧自搁在家里算怎回事呢？当然，早早措出去的为是，越早越好。给谁呢？巡警，巡警，还得是巡警？一个人当巡警，子孙万代全得当巡警，仿佛掉在了巡警阵里似的。可是，不给巡警还真不行呢：论模样，她没什么模样；论教育，她自幼没

娘，只认识几个大字；论赔送，我至多能给她作两件洋
布大衫；论本事，她只能受苦，没别的好处。巡警的女
儿天生来的得嫁给巡警，八字造定，谁也改不了！

唉！给了就给了啵！措出她去，我无论怎说也可以
心净一会儿。并非是我心狠哪；想想看，把她撂到二十
多岁，还许就剩在家里呢。我对谁都想对得起，可是谁
又对得起我来着！我并不想唠里唠叨的发牢骚，不过我
愿把事情都撂平了，谁是谁非，让大家看。

当她出嫁的那一天，我真想坐在那里痛哭一场。我
可是没有哭；这也不是一半天的事了，我的眼泪只会在
眼里转两转，简直的不会往下流！

## 十五

儿子有了事作，姑娘出了阁，我心里说：这我可能
远走高飞了！假若外边有个机会，我愣把巡长搁下，也
出去见识见识。什么发财不发财的，我不能就窝囊这么
一辈子。

机会还真来了。记得那位冯大人呀，他放了外任
官。我不是爱看报吗？得到这个消息，就找他去了，求
他带我出去。他还记得我，而且愿意这么办。他教我去

再约上三个好手，一共四个人随他上任。我留了个心眼，请他自己向局里要四名，作为是拨遣。我是这么想：假若日后事情不见佳呢，既省得朋友们抱怨我，而且还可以回来交差，有个退身步。他看我的办法不错，就指名向局里调了四个人。

这一喜可非同小喜。就凭我这点经验知识，管保说，到哪儿我也可以作个很好的警察局局长，一点不是瞎吹！一条狗还有得意的那一天呢，何况是个人？我也该抖两天了，四十多岁还没露过一回脸呢！

果然，命令下来，我是卫队长；我乐得要跳起来。

哼！也不是咱的命不好，还是冯大人的运不济；还没到任呢，又撤了差。猫咬尿泡，瞎欢喜一场！幸而我们四个人是调用，不是辞差；冯大人又把我们送回局里去了。我的心里既为这件事难过，又为回局里能否还当巡长发愁，我脸上瘦了一圈。

幸而还好，我被派到防疫处作守卫，一共有六位弟兄，由我带领。这是个不错的差事，事情不多，而由防疫处开我们的饭钱。我不确实的知道，大概这是冯大人给我说了句好话。

在这里，饭钱既不必由自己出，我开始攒钱，为是给福海娶亲——只剩了这么一档子该办的事了，爽性早些办了吧！

在我四十五岁上，我娶了儿媳妇——她的娘家父亲与哥哥都是巡警。可倒好，我这一家子，老少里外，全是巡警，凑吧凑吧，就可以成立个警察分所！

人的行动有时候莫名其妙。娶了儿媳妇以后，也不知怎么我以为应当留下胡子，才够作公公的样子。我没细想自己是干什么的，直入公堂的就留下胡子了。小黑胡子在我嘴上，我捻上一袋关东烟，觉得挺够味儿。本来吗，姑娘聘出去了，儿子成了家，我自己的事又挺顺当，怎能觉得不是味儿呢？

哼！我的胡子惹下了祸。总局局长忽然换了人，新局长到任就检阅全城的巡警。这位老爷是军人出身，只懂得立正看齐，不懂得别的。在前面我已经说过，局里区里都有许多老人们，长相不体面，可是办事多年，最有经验。我就是和局里这群老手儿排在一处的，因为防疫处的守卫不属于任何警区，所以检阅的时候便随着局里的人立在一块儿。

当我们站好了队，等着检阅的时候，我和那群老人们还有说有笑，自自然然的。我们心里都觉得，重要的事情都归我们办，提哪一项事情我们都知道，我们没升腾起来已经算很委屈了，谁还能把我们踢出去吗？上了几岁年纪，诚然，可是我们并没少作事儿呀！即使说老朽不中用了，反正我们都至少当过十五六年的差，我们年轻力壮的时候是把精神血汗耗费在公家的差事上，冲着这点，难道还不留个情面吗？谁能够看狗老了就一脚踢出去呢？我们心中都这么想，所以满没把这回事放在心里，以为新局长从远处瞭我们一眼也就算了。

局长到了，大个子胸前挂满了徽章，又是喊，又是蹦，活像个机器人。我心里打开了鼓。他不按着次序看，一眼看到我们这一排，他猛虎扑食似的就跑过来了。岔开脚，手握在背后，他向我们点了点头。然后忽然他一个箭步跳到我们跟前，抓起一个老书记生的腰带，像摔跤似的往前一拉，几乎把老书记生拉倒；抓着腰带，他前后摇晃了老书记生几把，然后猛一撒手，老书记生摔了个屁股墩。局长对准了他就是两口唾沫："你也当巡警！连腰带都系不紧？来！拉出去毙了！"

我们都知道，凭他是谁，也不能枪毙人。可是我们的脸都白了，不是怕，是气的。那个老书记生坐在地上，哆嗦成了一团。

局长又看了看我们，然后用手指划了条长线："你们全滚出去，别再教我看见你们！你们这群东西也配当巡警！"说完这个，仿佛还不解气，又跑到前面，扯着脖子喊："是有胡子的全脱了制服，马上走！"

有胡子的不止我一个，还都是巡长巡官，要不然我也不敢留下这几根惹祸的毛。

二十年来的服务，我就是这么被刷下来了。其实呢，我虽四十多岁，我可是一点也不显着老苍，谁教我留下了胡子呢！这就是说，当你年轻力壮的时候，你把命卖上，一月就是那六七块钱。你的儿子，因为你当巡警，不能读书受教育；你的女儿，因为你当巡警，也嫁个穷汉去吃窝窝头。你自己呢，一长胡子，就算完事，一个铜子的恤金养老金也没有，服务二十年后，你教人家一脚踢出来，像踢开一块碍事的砖头似的。五十以前，你没挣下什么，有三顿饭吃就算不错；五十以后，你该想主意了，是投河呢，还是上吊呢？这就是当巡警的下场头。

二十年来的差事，没作过什么错事，但我就这样卷了铺盖。

弟兄们有含着泪把我送出来的，我还是笑着；世界上不平的事可多了，我还留着我的泪呢！

## 十六

穷人的命——并不像那些施舍稀粥的慈善家所想的——不是几碗粥所能救活了的；有粥吃，不过多受几天罪罢了，早晚还是死。我的履历就跟这样的粥差不多，它只能帮助我找上个小事，教我多受几天罪；我还得去当巡警。除了说我当巡警，我还真没法介绍自己呢！它就像颗不体面的痣或瘤子，永远跟着我。我懒得说当过巡警，懒得再去当巡警，可是不说不当，还真连碗饭也吃不上，多么可恶呢！

歇了没有好久，我由冯大人的介绍，到一座煤矿上去作卫生处主任，后来又升为矿村的警察分所所长；这总算运气不坏。在这里我很施展了些我的才干与学问：对村里的工人，我以二十年服务的经验，管理得真叫不错。他们聚赌，斗殴，罢工，闹事，醉酒，就凭我的一张嘴，就事论事，干脆了当，我能把他们说得心服口服。对弟兄们呢，我得亲自去训练。他们之中有的是由别处调来的，有的是由我约来帮忙的，都当过巡警；这可就不容易训练，因为他们懂得一些警察的事儿，而想看我一手儿。我不怕，我当过各样的巡警，里里外外我全晓得；凭着这点经验，我算是没被他们给撅了。对内对外，我全有办法，这一点也不瞎吹。

假若我能在这里混上几年，我敢保说至少我可以积攒下个棺材本儿，因为我的饷银差不多等于一个巡官的，而到年底还可以拿一笔奖金。可是，我刚作到半年，把一切都布置得有个大概了，哼！我被人家顶下来了。我的罪过是年老与过于认真办事。弟兄们满可以拿些私钱，假若我肯睁着一只闭着一只眼的话。我的两眼都睁着，种下了毒。对外也是如此，我明白警察的一切，所以我要本着良心把此地的警务办得完完全全，真像个样儿。还是那句话，人民要不是真正的人民，办警察是多此一举，越办得好越招人怨恨。自然，容我办上几年，大家也许能看出它的好处来。可是，人家不等办好，已经把我踢开了。

在这个社会中办事，现在才明白过来，就得像发给巡警们皮鞋似的。大点，活该！小点，挤脚？活该！什么事都能办通了，你打算合大家的适，他们要不把鞋打在你脸上才怪。这次的失败，因为我忘了那三个宝贝字——"汤儿事"，因此我又卷了铺盖。

这回，一闲就是半年多。从我学徒时候起，我无事也忙，永不懂得偷闲。现在，虽然是奔五十的人了，我的精神气力并不比那个年轻小伙子差多少。生让我闲着，我怎么受呢？由早晨起来到日落，我没有正经事作，没有希望，跟太阳一样，就那么由东而西的转过去；不过，太阳能照亮了世界，我呢，心中老是黑糊糊的。闲得起急，闲得要躁，闲得讨厌自己，可就是摸不着点儿事作。想起过去的劳力与经验，并不能自慰，因为劳力与经验没给我积攒下养老的钱，而我眼看着就是挨饿。我不愿人家养着我，我有自己的精神与本事，愿意自食其力的去挣饭吃。我的耳目好像作贼的那么尖，只要有个消息，便赶上前去，可是老空着手回来，把头低得无可再低，真想一跤摔死，倒也爽快！还没到死的时候，社会像要把我活埋了！晴天大日头的，我觉得身子慢慢往土里陷；什么缺德的事也没作过，可是受这么大的罪。一天到晚我叼着那根烟袋，里边并没有烟，只是那么叼着，算个"意思"而已。我活着也不过是那么个"意思"，好像专为给大家当笑话看呢！

好容易，我弄到个事：到河南去当盐务缉私队的队兵。队兵就队兵吧，有饭吃就行呀！借了钱，打点行李，我把胡子剃得光光的上了"任"。

半年的工夫，我把债还清，而且升为排长。别人花俩，我花一个，好还债。别人走一步，我走两步，所以升了排长。委屈并挡不住我的努力，我怕失业。一次失业，就多老上三年，不饿死，也憋闷死了。至于努力挡得住失业挡不住，那就难说了。

我想——哼！我又想了！——我既能当上排长，就能当上队长，不又是个希望吗？这回我留了神，看人家怎作，我也怎作。人家要私钱，我也要，我别再为良心而坏了事；良心在这年月并不值钱。假若我在队上混个队长，连公带私，有几年的工夫，我不是又可以剩下个棺材本儿吗？我简直的没了大志向，只求腿脚能动便去劳动；多咱动不了窝，好，能有个棺材把我装上，不至于教野狗们把我嚼了。我一眼看着天，一眼看着地。我对得起天，再求我能静静的躺在地下。并非我倚老卖老，我才五十来岁；不过，过去的努力既是那么白干一场，我怎能不把眼睛放低一些，只看着我将来的坟头呢！我心里是这么想，我的志愿既这么小，难道老天爷还不睁开点眼吗？

来家信，说我得了孙子。我要说我不喜欢，那简直不近人情。可是，我也必得说出来：喜欢完了，我心里凉了那么一下，不由的自言自语的嘀咕："哼！又来个小巡警吧！"一个作祖父的，按说，哪有给孙子说丧气话的，可是谁要是看过我前边所说的一大片，大概谁也会原谅我吧？有钱人家的儿女是希望，没钱人家的儿女是累赘；自己的肚中空虚，还能顾得子孙万代，和什么"忠厚传家久，诗书继世长"吗？

我的小烟袋锅儿里又有了烟叶，叼着烟袋，我咂摸着将来的事儿。有了孙子，我的责任还不止于剩个棺材本儿了；儿子还是三等警，怎能养家呢？我不管他们夫妇，还不管孙子吗？这教我心中忽然非常的乱，自己一年比一年的老，而家中的嘴越来越多，哪个嘴不得用窝窝头填上呢！我深深的打了几个嗝儿，胸中仿佛横着一口气。算了吧，我还是少思索吧，没头儿，说不尽！个人的寿数是有限的，困难可是世袭的呢！子子孙孙，万年永实用，窝窝头！

风雨要是都按着天气预测那么来，就无所谓狂风暴雨了。困难若是都按着咱们心中所思虑的一步一步慢慢的来，也就没有把人急疯了这一说了。我正盘算着孙子的事儿，我的儿子死了！

他还并没死在家里呀！我还得去运灵。

福海，自从成家以后，很知道要强。虽然他的本事有限，可是他懂得了怎样尽自己的力量去作事。我到盐务缉私队上来的时候，他很愿意和我一同来，相信在外边可以多一些发展的机会。我拦住了他，因为怕事情不稳，一下子再教父子同时失业，如何得了。可是，我前脚离开了家，他紧随着也上了威海卫。他在那里多挣两块钱。独自在外，多挣两块就和不多挣一样，可是穷人想要强，就往往只看见了钱，而不多合计合计。到那里，他就病了；舍不得吃药。及至他躺下了，药可也就没了用。

把灵运回来，我手中连一个钱也没有了。儿媳妇成了年轻的寡妇，带着个吃奶的小孩，我怎么办呢？我没法再出外去作事，在家乡我又连个三等巡警也当不上，我才五十岁，已走到了绝路。我羡慕福海，早早的死了，一闭眼三不知；假若他活到我这个岁数，至好也不过和我一样，多一半还许不如我呢！儿媳妇哭，哭得死去活来，我没有泪，哭不出来，我只能满屋里打转，偶尔的冷笑一声。

以前的力气都白卖了。现在我还得拿出全套的本

事，去给小孩子找点粥吃。我去看守空房，我去帮着
人家卖菜，我去作泥水匠的小工子活，我去给人家搬
家……除了拉洋车，我什么都作过了。无论作什么，我
还都卖着最大的力气，留着十分的小心。五十多了，我
出的是二十岁的小伙子的力气，肚子里可是只有点稀粥
与窝窝头，身上到冬天没有一件厚实的棉袄，我不求人
白给点什么，还讲仗着力气与本事挣饭吃，豪横了一辈
子，到死我还不能输这口气。时常我挨一天的饿，时常我
没有煤上火，时常我找不到一撮儿烟叶，可是我决不说什
么；我给公家卖过力气了，我对得住一切的人，我心里没
毛病，还说什么呢？我等着饿死，死后必定没有棺材，儿
媳妇和孙子也得跟着饿死，那只好就这样吧！谁教我是巡
警呢！我的眼前时常发黑，我仿佛已摸到了死，哼！我还
笑，笑我这一辈的聪明本事，笑这出奇不公平的世界，希
望等我笑到末一声，这世界就换个样儿吧！

# 浴奴（删减版）

"小陈，小陈！"小孙的如蒜一样小的脸上满裂着笑纹，急切而诡道的叫，嗓音沙哑，薄嘴唇很用力。"小陈，妈的你倒是过来呀！告诉你好话！"

小陈翻了翻白眼，把灰黄的长脸尽量的往下沉落。"好话都等着你说呢！妈的，昨晚上又干出去十二大块！"一边说，一边把口袋里的小手绢掏了出来；双手提着，抖了几抖，落下几小片花生米的红皮；然后把黄而无神的眼珠定在手绢中心的一摊黄稠的汁儿上。叹了口气。把手绢折好送回，口袋里的的确确还只有二十枚的一张破钱票，像个多足的小虫儿在袋角团团着。

小孙的脸上严肃了些，把那些笑纹全集中到鼻子上，眼中放出很复杂的神情来。他可怜小陈，同时又有些自傲，甚至于是幸灾乐祸；为掩盖这两种情感，他想拿出十分知己的神气，使小陈不至感到难堪；可是自己所要向小陈报告的又是很有价值的事，随便说就喊了自己的威风，严重的语调又足以引起小陈的反感，他自己又觉得不大得劲儿，鼻上那堆皱纹有些发僵。"小陈，告诉你，喽，"他凑过小陈来——非凑过来不可，可是分明的感到这是屈就了小陈，本来这是要教小陈闻所未闻，自己倒落了个上赶着递殷勤，不大合理，但是不告诉小陈，自己心中又发痒，而且没有小陈来帮忙助胆，这件事是不易作到好处的。心中的混乱，使他不能决定怎样行动；像要惊走脑门上一个苍蝇似的，他摇了摇蒜形的头。"小陈，告诉你，他妈的！"

小陈自己的忧郁必须先由口中流泄出来："你就说倒霉不倒霉：昨儿个晚上，好容易弄下两号买卖，费他妈的牛大的劲才弄了四块二毛钱。小鬼子他妈的精多了，先尝后买；告诉你，我心里直扑腾；好，万一他翻脸不给钱，系上裤子就走，我找谁去？他们一走，我怎对付那俩娘们？"小陈的长脸上红起两小块来，很小很红，在腮峰上，像俩红痣似的。"总算万幸，他们算是吃入了味，照数给了钱；俩娘们还跟我抢了一阵，才他妈的弄到四块二！"

"俩小娘们可真不错！"小孙虽然急于说出那件事

来，可是无法扼制住心中的妒恨："我要是有日本鬼子的腰里那么多的金戒指，我要不包下她们，我就不姓孙！尤其是小春那对眼睛，一想起来——甭说了！"他又摇了摇那头蒜。

"天好，好出朵花儿来，也得给太爷钱！"小陈拍了拍胸膛。"姓陈的不是能教眼睛看软了的人！还告诉你，小孙，对娘们，你越狠，她越佩服你！说不上，在没买卖的时候，她还请你过过瘾呢。请是请，记清楚了！你要是不狠心，豆腐似的随着她摆弄，瞧着吧，她连正眼都不给你一眼；你信不信？"

小孙无可如何的点点头。在理智上，小陈是一点也不错的。

"四块二，"小陈的心折了个跟头，翻到原处，"加上前天的八块七——×，真他妈的邪！日本人都在街上开了烟馆，张三那孙子还不敢出门；几个烟泡，教我敲了他八块多，他妈的你当是天下大乱没好处呢，——十二块九。都是妈的丁九那小子，非拉着我上艺术馆去不可；他赢了五块，我干进去十二；心里一懊，又喝了八毛；三十枚的烟；这不是，还剩他妈的不折不扣的二十枚！"他摸了摸衣袋，摸到那张破票，可是没有往外拿。

小孙看朋友已把一肚子难过泄尽，开始预备说那件事；顶好先给他个甜头，引起他的高兴与希望，才能顺利进行——小陈这小子顶不好摆弄！"告诉你，我又看出点俏来！咱俩和和气气的商量着办，准保天天有买卖！"

"哼！"小陈永远不肯轻易承认别人的计划有什么了不得的地方，可是他含而不露的愿意听一听；听完，由他自己寻思一遍，加以批评与修正，那计划的所有权便属了他，倒仿佛他是发动者似的。"我他妈的跟日本鬼算打够了交道了。要又是他们的事，没我！"

小孙从心里笑了出来："这回准保不吃东洋饭！"

"哼！"小陈表示不妨听一听，哼的声音轻微而活动。

"清明池的小五对我说的，"小孙笑了一下，为是使话语显着热闹，"你猜怎么着，赶情日本鬼子带着娘们一块去洗澡！"小孙的眼皮连连眨巴，等着小陈表示惊异。

"带着咱们的娘们？"小陈一点也没有惊异。

"不，东洋娘们。"

"盆堂池堂？"

"先也洗过池堂，近来都洗盆堂了。"

"啊！"小陈点了点头。

185

"咱们要是弄俩娘们，在澡堂子去应活；唉，你说！"小孙拍了小陈的肩膀一下，眼睛发出些贼光。

小陈的长脸上没有任何表情，像挂着一部历史似的那样沉着严肃。

"咱俩，"小孙把"俩"说得分外的有力，期望能打动小陈，"一面去跟澡堂子的掌柜说好，一面去拉人；盆堂单间原是四毛钱一位；有娘们陪着呢，咱们就把价钱包过来，看人行事，十块也好，八块也好；收过钱来，通通由咱们开账：娘们，交柜，茶钱……每一号买卖至少咱们也剩它三块五块的！一天还不弄上三两号？准保有买卖，又新鲜，又暖和，又干净，又挂点东洋味儿。你说……"小孙用胳臂肘顶了小陈一下。

小陈板着脸，身子左右摇晃了两下，然后，满不在乎的，轻描淡写的，不大耐烦的，说："用不着和澡堂掌柜的商议。咱们找了娘们，找了客人，硬往单间走。日本鬼那么办了，他还拦得住别人？说翻了，弄俩高丽棒子砸他一顿就是了，喽！"

"对！对！要不我怎么得先跟你商量呢！我会发起，你会改良；两下一凑合，事情就算成了！"小孙说得非常的亲切，心中可真有点害怕：话是已对小陈讲了，要是不死拉住他，他也许独自去办，自己弄个有冤无处去诉。

"我去找娘们，"小陈的眼成了两道细缝，仿佛已决定好为这路买卖应找哪些妇女，比如：必须身上有肉，皮肤要白，好镇得住澡堂子里的房间；面貌如何倒居其次，必须是天足……不过，这些都用不着对小孙讲。

"你去拉客人。澡堂子要是耍刺儿，不许进去，是我的事。客人到时候不掏钱，是你的事。客人约好，你往天顺打个电话，我同着娘们去。"小陈的脸板得更紧了些："咱们的账是四六成，我六成，你四成；一句话，不用磨烦！"

小孙有好些话都塞在心里，脸上减去了一层光彩。不便默然，他问："找谁去好？"

小陈笑了笑。"四成，还便宜着你呢；怎这么笨！"他的脸忽然又板起来。"两种人可以找，穿马褂的和穿洋服的。对穿马褂的不必提日本鬼，光说有地方洗澡，娘们陪着；一提日本，他们就哆嗦。对穿洋服的必得提出日本鬼，他们爱挂洋气——你若是告诉他们，日本鬼洗完澡把水喝了，他们都得照方儿办，甭说玩娘们了。"

"好吧，"小孙点了点头，"平分账不行？"

"不行！你拿四成就不少！"

"好吧！我要是一趟拉来好几个人，你有那么些娘们吗？"

"那是我的事！"

＊　　　＊　　　＊

清明池的杜掌柜有点发慌：日本鬼子带着娘们——不管是老婆，还是野鸡——来洗澡，已经够丧气的了，现在又添上中国娘们了！东洋娘们到底是洋玩艺，或者不至于把财神爷冲跑，他妈的中国娘们……怎么办呢？

要打算拦住中国娘们，就得先拦住东洋娘们。没法拦住日本，人家有枪！那也就没法拦住别人，在这天下大乱的时候。小陈小孙都不是什么好惹的；哼，得罪了他们，他们也许夜里来偷偷的放一把火。不行，别得罪他们；有好多事还得仗着他们给办呢。天下大乱，无理可讲；要吃饭，就得对坏蛋作揖，没法儿！

可是这到底有点别扭！自古至今，可曾见过男女一块儿洗澡的？老杜干这行生意已不是一年了，在同行里真是有头有脸的人物，现在……

不过，事已至此，还讲脸面？整个的北平都落在鬼子手里，自己有什么蹦儿呢？倒不如从事实上来讲，既能保住买卖，又不太丢人，那才是好办法。

比如说：找个人来，专管东楼，东楼上五个单间专招待日本人——不论是单人，还是成对儿的。这样，大概中国人就不敢来了，连小陈们也没了办法。即使他们要闹事，还可以花几个钱运动一下。要是这样办通了，门口贴上日本字的条子，男女澡室，买卖或者不至吃亏。对老照顾主和地面上呢，也就有的说：日本们要上这里来，我老杜有什么办法呢？这不是，把他们都让到东楼去，与咱们这边无关，丧气全冲着日本鬼自己，咱们这边还是中国人中国办法。这岂不四面八方都讲得通，连财神爷也不至于见怪了吗？是的，把通东楼的小门堵死，街上另开个旁门；贴上日本字的条子，对！

先不必对别人讲，且到东楼看看去。

刚要上楼梯，小陈在前，一个胖女人在后，从小门转了过来。小陈看到杜掌柜，把脸落下一寸多，带理不理的微微一点头。杜掌柜纳着气退下来，让他们先走。小陈刚要往楼梯上迈步，那个女人扯住了他。杜掌柜想摆出老买卖人的气派，给他们个见怪不怪，可是眼睛不由的转到妇人身上去。他不知为什么觉得她非常的可怜：胖胖的，脸皮很松，可是白净，眼泡浮肿着；身上一件蓝布旗袍，过于瘦，把乳部箍起很高。他觉得这个妇人不像久干这个的；由这个，他又想到小陈必会利用生手，好多敲几个钱，由这个，他也渺茫的推想到，城市陷落，大家成了没上锁镣的奴隶，多少个良家妇女须把身子卖了，才能赚来三餐；这个妇人家里也许有好几个小孩，饿得像些瘦狼呢！一股热情使他挺起来腰板，真想到柜上取出几块钱给了她！可是，他是买卖人……腰板又塌下去。妇人眼看着地，声音很低，像恸哭过后那样有气无力的问小陈：

"准不是日本鬼？我不作洋买卖！"

小陈向她露了露牙。小孙领着个西装少年来到，蒜似的头扬得很高。西装少年的眼直奔了妇人的脸上，她低下头去。

小陈的眼已合成两道缝，挤出点笑意："您把她泡在水里再瞧，雪白粉嫩！还有一层，准保干净，新货！"

杜掌柜心里疼了一下，啊啊了两声，搭讪着往回走。

西装少年一端肩膀："没关系！尝过这个滋味，就等于留学日本，明白？"

胖妇人微叹了一口气，忽然一挺胸，跑上楼去，像个烈士赴义就刑时那么勇敢壮烈。

"请吧！"小孙向少年说，说罢，在少年背后向小陈伸手，手掌翻了两次。小陈往下一沉气，小孙缩脖一笑。

小孙把住楼梯下的小门。小陈领着少年上楼。少年双腿罗圈着，一边走一边咂着滋味笑，以为走得非常像东洋人了。

走到第一间屋外，少年用手挑开白布帘，向里望了望，空的。到第二间屋外，照样挑开帘子：屋里坐着个日本兵，赤着身；墙上挂着件花色鲜艳的女和服。日本兵像驱逐猫狗似的叱了一声，少年极媚的笑了笑，轻快的放下白布帘；然后，一吐舌头，脸上浮起些得意，下贱，狂喜，与轻佻的混合神色，仿佛是说："死也不冤了！"刚要进第三间屋——小陈已把帘子打开——是又一敛脚步，极快的转回身来，张着点口，舌尖伸在外边，又轻轻用手指掀第二间的帘儿，一心要看看日本女的是否也光着身子。

帘子一动，赤身的小鬼已立在他面前。他的腿软了，脸上变了颜色，可是还勉强的笑。

"这边来！"小陈低切的叫。

少年笑着往后退，赤身的鬼子赶上来，小陈一闪身，像条鱼似的滑过去，往楼下跑，胖妇人走出来，立在门口，哆嗦着；忽然一咬牙，猛的一推，少年把赤身小鬼砸在底下。她恶虎扑食似的下去，双手找到日本鬼的喉。

"救命！"西装少年滚了几滚，脱了身，拚命的往楼下跑。

及至杜掌柜跑到楼上，小鬼已不会动。一个披着花衣的东洋妇，看着一个中国胖妇人——低着头，手指上滴着血点。

澡堂的伙计们跑上来不少，望了一眼又急忙的跑下去。杜掌柜独自木在那里。胖妇人像对自己说呢："我的丈夫，死在南口！我今天也杀死他们一个！"说完，她抬起头来，深深的看了东洋妇人一眼；一扭头，她跳下楼去。

清明池关了门。杜掌柜还没把事想清楚，已没了命。

小陈起下誓不再和小孙合作，小孙拉来的西装少年太不地道。小孙的脸更小了一圈，好几天不敢出门，中了病似的，来回的念道："身大力不亏，都是小陈妈的胡出主意，找那么胖的娘们！"

# 一块猪肝

　　大中华的半个身腔已被魔鬼的脚踩住，大中华的头颅已被魔鬼的拳头击碎，只剩下了心房可怜的勇敢的不规则的尚在颤动。这心房以长江为血，武汉三镇为心瓣：每一跳动关系着民族的兴亡，每一启闭轻颤出历史续绝的消息。它是流民与伤兵的归处，也是江山重整的起点。多少车船载来千万失了国弃了家的男女，到了这里都不由的壮起些胆来，渺茫的有了一点希望。就是看一眼那滚滚的长江，与山水的壮丽，也足以使人咽下苦泪，而想到地灵人杰，用不着悲观。

　　江上飞着雪花，灰黄的江水托着原始的木舟与钢铁的轮船，浩浩荡荡的向东流泻；像怀着无限的愤慨，时时发出抑郁不平的波声。一只白鸥追随着一条小舟，颇似一大块雪，在浪上起伏。黄鹤楼上有一双英朗的眼，正随着这片不易融化的雪转动。

前几天，林磊从下江与两千多难民挤在一条船上，来到武昌，他很难承认自己是个难民，他有知识，有志愿，有前途，绝对不能与那些只会吃饭与逃生的老百姓为伍。可是，知识，志愿，与前途，全哪里去了？他逃，他挤，他脏，他饿，他没任何能力与办法，和他们没有丝毫的分别。看见武汉，他隐隐的听到前几天的炮声，看见前几天的火光。眨一眨眼，江汉关与黄鹤楼都在火影里，冒着冲天的黑烟。再眨一眨眼，火影烟尘都已不在；他独自流落在异乡。身下薄薄的一身西服，皮鞋上裹满各色的泥浆，独自扛着简单得可笑的一个小铺盖卷。谁？干什么？怎回事？他一边走一边自问。不是难民！他自己坚决的回答。旅馆却很难找，多少铁一般的面孔，对他发出钢一般的"没有房间"！连那么简单的铺盖卷都已变成重担，腿已不能再负迈开的辛苦，他才找到一间比狗窝稍大的黑洞。绝对不尊严的，他趴在那木板上整整睡了一夜，还不如一只狗那么警醒灵动。

醒来，由衣袋里摸出那还未曾丢失的一面小镜来，他笑了。什么都没有了，却仍有这方小镜照照自己。瘦了许多，鼻眼还是那么俊秀，只是两腮凹下不少，嘴角旁显出两条深沟，好像是刻成的，微微有些阴影。是自己，又不十分正确——到底不是难民！

放下小镜，他决定忘下以前种种。原先就不是凡夫，现在也不能是难民，明日还得成个有为的人物。这是一贯的，马上要为将来打算打算。

他过江去看看汉口。车马的奔驰，人声的叫闹，街道的生疏，身上的寒冷，教他没法思索什么，计划什么。他只觉得孤独，苦闷。街上没遇到一个熟脸，终日没听到一句同情的话，抱着自己过去的一切志愿与光荣，到今天连牢骚也无处去诉。这个处所是没有将来的。自己可是无论如何决不肯与难民为伍。买了份报，没有看见什么。他不能这样在人群中作个不伸手乞钱的流浪者，他须找个清静的地方，细细思索一番。把报纸扔掉，想买本刊物拿回旅馆去看——黑洞里不是读书的地方，算了吧！非常的别扭！不过，刊物各有各的立场；自己也有自己的立场；不读也没多大关系。自己的立场是一切活动——对个人的，对国家的——的基础。这个，一般人是不会有的，所以他们只配作难民，对己对国全无办法。

在黄鹤楼上，看着武汉三镇的形胜，他心中那些为自己的打算，和自己平日所抱定的主张，似乎都太小一点，眼前的景物逼迫着他忘了自己，像那只白鸥似的，自己不过是这风景中小小的一片；要是没有那道万古奔流，烟波万顷的长江，一切就都不会存在；鸥鸟桅帆……连历史也不会有。寒江上飞着雪花，翻着巨浪，武昌的高傲冷隽，汉口的繁华紧凑，汉阳的谦卑隐秀，使他一想便想到中国，想到中国的历史，想到中国伟大的潜在力量。就是那些愚蠢无知的渔夫舟子好像也在那儿支持着一点什么，既非偶然，也非无用，眼随着那只白鸥。他感到一种无以名之的情感，无限，渺茫，而又使他心中发热，眼里微温。

但是，这没有一点实在的用处。他必须为他自己思索；茫茫的长江，广大的景物，须拿他自己作为中心，自己有了办法，一切才能都有了办法。自己的主张，是个人事业的出发点，也是国家转危为安的关键。顺着自己的主张与意见往下看，破碎的江山还可以马上整理起来，条条有理，头头是道。他吐了一口长气。江上还落着零散的雪花，白鸥已不知随着江波飘到哪里去了。

是的，他知道自己的思想是前进的。他天然的应当负起救亡图存的责任。他心中看见一条白光，比长江还长，把全中国都照亮，再没一点渣滓，一星灰尘，整个的像块水晶，里边印着青的松竹与金色的江河。不让步，不搬动！把这条白光必须射出！他挺了挺胸，二十五岁的胸膛，吐出万丈的豪气。

雪停了。天天看见长江，天天坚定自己，天天在人群中挤来挤去，天天踩一鞋泥，天天找不到事作。林磊的志愿依然很大，主张依然很坚决，只是没有机会，一点没有机会！他会气馁，但是也不会快活。物质上的享受，因金钱的限制，不敢去试尝；决定不到汉口去，免得看见那些令人羡慕的东西，又引起气短与伤心，普通的劳作与事情，不屑于投效；精神上的安慰只仗着抱定主意，决不妥协。假若有机会得到大的事情作，既能施展怀抱，又能有物质的享受呢，顶好！能在精神上如愿以偿而身体受些苦处呢，也算不错；若是只白白受些苦，而远志莫伸，那就不如闲着。虽然闲着也不好受，可是到底自己不至与难民同流，像狗似的去求碗饭吃。

买了些本刊物，当不落雨的时候，拿到蛇山上去读。每读过一篇文字，他便尽着自己所知道的去揣摸，去猜想，去批判。每读过几篇文字，他便就着每一篇的批判，把它们分划出来：哪篇是哪一党一系的主张，哪一篇与哪一篇是同声相应，或异趣相攻。他自信独具卓见，能看清大时代的思想斗争的门户与旗号，从而自许为战士中的一员。这使他欢喜，骄傲；眼前那些刚由内地开出来的兵，各地流亡来的乞丐，都不值得一看；他几乎忘了前线上冰天雪地里还有多少万正规军队与义勇军，正在与敌人血肉相拼，也几乎忘了自己的家乡已被敌人烧成一片焦土；反之，他渺茫的觉得自己是在一间光暖的大厅中，坐在沙发上，吸着三炮台烟卷，与一些年轻漂亮的男女，讨论着革命理论与救亡大计：香暖，热闹，舒服而激烈。他幻想着自己已作了那群青年的领袖，引导着他们漂漂亮亮的，精精神神的发表着谈话，琢磨着字眼，每一个字都含着强烈的斗争力量，用一篇文字可以打倒多少政敌，扫荡若干不正确的观念。想到这里，他不由的想起许多假想敌来，某人是某党，某人是某派，都该用最毒辣的文字去斩伐。他的两眼放了光。立起来，他用力的扯了扯西服的襟，挺起胸来，向左右顾盼。全城在他的眼中，他觉得山左山右不定藏着多少政匪与仇敌；屋顶上的炊烟仿佛是一些鬼气，非立即扫清不可。

他这样立在抱冰堂前或蛇山的背上，恍惚的想到他的英姿是值得刻个全身铜像，立在山上，永垂不朽——

革命的烈士。可是，每逢一回到小旅馆中，他的热气便沉落下去，所有的理论，主张，与立场，都不能使那间黑洞光明一点点。他好似忽然由天堂落到地狱中。这他才极难堪的觉到自己并没有力量去克服任何困难，那真正逼着他来到此地受罪的，却是日本，而不是什么鬼影似的假想敌。到这时候，他才又想起在黄鹤楼头所得到的感触与激刺；合起全中国的力量去打日本仿佛才是最好的办法；内部的磨擦只是捣鬼。他想到了这个，可是不能深信，因为实际上去战争与牺牲似乎离他太远；他若这么去努力，就有点像狗拿耗子，多管闲事。他是生在党争的时代，他的知识，志愿，全由纸面上的斗争与虚荣而来。他的那身西服只宜坐在有暖气管的屋子里，他不能了解何谓"沙场"，何谓"流血"。他心中有"民众"这一名词，但是绝对不能与那把痰吐在地上的人们说过一句话。

他想安心写些文章，投送到与他的主张相合的刊物去发表，每一篇文章，他决定好，必须是对他已读过的某篇文字的攻击或质问。把人家的文章割解开来，他不惜断章取义的摘取一两句话去拚死的责难，以便突破一点，而使敌军全线崩溃。他一方面这样拆割别人的文章，一方面盘算自己的写法；费了许多工夫，可是总不易凑成一篇。他有些焦急，但是决定不自馁；越是难产才越见文艺的良心。

为思索一词一语，他有时候在街上去走好几里路。街上一切的人与事，都像些雾气，只足以遮障他的视线，而根本与他无关。正这样丧胆游魂的走着，远远的他看见个熟识的背影，头发齐齐的护着领子，脖儿长而挺脱，两肩稍往里抱着一些，而脊背并不往前探着，顶好看的细腰，一件蓝色的短大衣的后襟在膝部左右晃动，下面露出长而鼓满的腿肚儿。这后影的全部是温柔，利落，自然，真纯；使林磊忽然忘了他正思索着的一切，而给它配合上一张长而俊丽的脸，两只顶水灵的眼永远欲罢不能的表情，不是微瞋便是浅笑；那小小的鼻子，紧紧的口，永远轻巧可爱而又尊严可畏。他恨不能一步赶上前去，证明那张脸正和他所想起的一样。而且多着一些他所未见过而可以想象到的表情：惊异，亲切，眼中微湿，嘴唇轻颤，露出些光润美丽的牙来，半晌无语……那个后影是不会错的，那件蓝色短大衣是不会错的；他只须，必须，赶上前去，那张脸也必不会错，而且必定给予他无限的安慰与同情。他是怎样的孤寂悲苦呀!

可是他的脚不能轻快的往前挪。背影的旁边还有另个背影:像写意画中的人物,未戴帽的头只是个不甚圆的圈儿,下面极笼统的随便的披着件臃肿的灰布棉衣。林磊一时想不出这个背影最恰当的像个什么,他只觉得那是个布口袋,或没有捆好的一个铺盖卷,倚靠着她,是她的致命的累赘。她居然和这个布袋靠得很近,缓缓的向前走!他不能赶上去,不能使布口袋与他分享着她的同情与美丽。他幻想着,假若他的脸若能倒长着,而看见了他,她必会把那件带腿的行李弃下,而飞跑向他来。这既是决不会有的事,他的苦痛渐渐变为轻蔑与残酷:她并不是像他想象的那么真纯美妙。说不定,还许是因逃难而变成了妓女呢!不,她决不能作妓女!他后悔了。即使是个妓女,他也得去找她,从地狱中把她救拔出来。他在大学毕业,她刚念完二年级的功课⋯⋯看着那俩背景,他想起过去的甜美境界。两年的同学,多少次的接触,数不过来的小小的亲密,——积成了一段永难消灭的心史。难道她的一切都是假的?为什么和个伤兵靠着肩?随着她,看她到底往哪里去!

马路上迎面过来一队女兵。只一眼,他收进多少纯洁的脸，正气的眼神，不体面的制服，短而努力前进的腿。她——他急忙把眼又放在那个背影上——莫非也是个女兵？他加快了脚步，已经快追上她，她和那个伤兵进了一座破庙，上台阶的时候，她搀起伤兵的左臂；右臂已失，怪不得像个没捆好的什么行李卷呢。破庙的门垛上挂着个木牌——×××伤兵医院。

林磊一夜没能睡好。那两个背影似乎比什么都更难分析，没有详密的分析，结论是万难得到的。救亡图存的大计，在他心中，是很容易想出来的；只要有一定的立场而思路清楚便会有好的言论与文章；大家都照着文章里的指示去作，事情是简单的。那两个背影却是极难猜透的谜。尽他所能的往好里想：她舍去小姐的生活，去从军，去当看护，有什么意义呢？多少万职业的士卒，都被打败；多添一半个女兵，女护士，有什么好处呢？女子真是头脑简单的动物！

一清早，他便立在破庙前，不敢进去，也想不出方法见到她。他只觉得头昏。天上有一层薄云，街上没多少行人，小风很凉，他耸着点肩，有意无意的看着那两扇破庙门。

门里有了脚步声，他急忙躲开。一个背着大刀的兵，开开庙门，眼睛直勾勾的立在木牌的前面，好像没有任何思想，任何表情，而只等着向谁发气与格斗。林磊无论如何也不能把她——假若她真是在此地作事——与这样的简单得像块木头的人们调合在一块。一些块干木头，与一朵鲜花；一个有革命思想的女儿，与一群专会厮杀的大汉，怎能住在一处呢？

他开始往回走，把手插在裤袋里，低头看着鼻子里冒出的白气。他的右肩忽然沉了一下，那个长而俊秀的脸离他只有半尺来远，可是眼中并没有湿，唇也并没有颤；反之，她的眼中有股坚定成熟的神气，把笑脸的全部支撑得活泼大方，很实在，而又空灵，仿佛不是要把一些深意打入他个人的心中去，而是为更广泛博大的一些什么而欣喜。

"磊，你怎么来的？"

磊答不出一个字。她的脸比往日粗糙了一些，头发有许久没有电烫，神情与往日大不相同；他得想一想才能肯定的承认她确是旧日的光妳。这么想一想的里面，却藏着些疏远与苦痛。

"磊，你怎么了？怎么直发呆？"光妳赶上了他的步度，靠住他的肩。

他想起那个布口袋。

"家里怎样？"她看了他的脸一下。

磊把手往更深处插了插。

光妠把头低下去："我的家全完了！父母逃是逃出来了，至今没有信！"

"可是你挺快活？"磊的唇颤动着，把手拔出来一只，擦了擦鼻子。

"我很快乐！"她皱了下眉："当逃难的时候，父母失散，人财两空，我只感到穷困微弱，像风暴里的一个落叶。后来，遇到一群受伤的将士与兵丁，他们有的断了臂，有的瘸了腿，有的血流不住，有的疼痛难忍。他们可是仍想活着，还想病好再上沙场。他们简单，真是简单，只有一条命，只有一个心眼把命丧在战场！我呢，什么也没有了，可还有这条命。这条命，我就想，须放在一个心眼里；我得作些什么。我就随着他们来到此处；作了他们的姐妹。"

"他们为谁打？他们不知道。"磊给满腹的牢骚打开了闸："他们受伤，他们死；为什么？不知道；你去救护他们，立在什么立场上，有什么全盘的计划？呕，把一两个伤兵的臂裹好就能转败为胜？"

光�笑了。"我没有任何立场与计划，我只求卖我个人的力量，救一个战士便多保存一分战斗力。父母可以死，家产可以丢掉，立场主张可以抛开，我要作马上能作该作的事。我只剩了一个理想，就是人人出力，国必不亡。国是我的父母，大家是我的兄弟姐妹。一路军也好，七路军也好，凡是为国流血的都是英雄；凡是专注意到军队的系属而有所重轻的都是愚蠢。"

"完全与青年会，红十字会的愚人一样，"磊的笑声很高，很冷，"妇人之仁！"

"是的，我将永不撒手这个妇人之仁。"她没有笑，也没有一点气："我相信我自己现在不空虚，因为我是与伤兵们的血肉相亲；我看见了要国不要命的事实，所以我的血肉也须投在战潮中。假若兵们在我的照料劳作而外，还要我的身体，我决不吝惜；我的肉并不比他们的高贵。可是，他们对我都很敬重；我袋中有一角钱也为他们花了，他们买一分钱的花生也给我几个。在这儿，我明白了什么叫作真纯，什么叫作热烈。"

"连报纸也不看？"磊恶意的问。

"不但看，而且得由我详细的讲解；在讲解之中，他们告诉我许多战绩，人名，地名，风景，物产。他们不懂得的是那些新名词，我不懂得的是中国的人，地，事情。他们才是真正的中国人；生在中国，为中国而死，明白中国事。我们，"光妩又笑了，"平日只顾了翻译外国书，却一点不晓得中国事。美国闹什么党派，我们也随着闹，竟自不晓得那是无中生有白天闹鬼！"她忽然立住了，"哟！走过了。"

"走过了什么？"

"肉铺！我出来给刘排长买二毛钱的猪肝。"她扭头往回走，走了两步，又转回来。"他的血流得太多了，医院里又没有优待的饭食；所以我得给他买点猪肝。你有钱没有？这是我最后的两毛钱了！"

林磊掏出一块钱的票子来。她接过去，笑着，跳着，钻进一家小肉铺去。天上的薄云裂开一条长缝，射出点阳光来。也看见了自己的影子，瘦长的在地上卧着。

"妇女是没有理想的，"他轻轻的对自己说，"一个最坏的孩子也是妈妈的宝贝儿！谁给她送一束花，谁便是爱人；到如今，谁流点血便是英雄！"他想毫不客气的把这个告诉她，教她去思索一下。

她由小肉铺轻巧的跳出来，手中托着块紫红的肝。她两眼钉在肝上，嘴角透出点笑，像看着个最可爱的小孩的脸似的。

　　他急忙的走开。阳光又被云遮住。眼前时时的现出一块紫红的猪肝——猪肝的一边有些人，有些事；猪肝的另一边什么也没有；仿佛是一活一死的两个小世界似的。

# 人同此心

他们三个都不想作英雄。年岁，知识，理想，都不许他们还沉醉在《武松打虎》或《单刀赴会》那些故事中；有那么一个时期，他们的确被这种故事迷住过；现在一想起来，便使他们特别的冷淡，几乎要否认这是自己的经验，就好似想起幼年曾经偷过妈妈一毛钱那样。

他们三个都不想作汉奸。年岁，知识，理想，都不许他们随便的跪在任何人的面前。

可是，他们困在了亡城之中。在作英雄与汉奸之间，只还有一个缝子留给他们——把忠与奸全放在一边，低首去作行尸走肉：照常的吃喝，到极难堪的时节可以喝两杯酒，醉了就蒙头大睡。这很省事，而且还近乎明哲保身。

是的，钻到这缝隙中去，的确是没办法中的办法。论力气，三个人凑在一起，不过只能搬起一块石头来。

就说能把块石头抛出去，而恰好能碰死一个敌人，有什么用处呢？三个人绝对抵不了成群的坦克车与重炮。论心路，三个人即使能计划出救亡纲要来，而刺刀与手枪时刻的在他们的肋旁；捆赴行刑场去的囚徒是无法用知识自救的。简直无法可想。

王文义是三个中最强壮的一个。差一年就在大学毕业了，敌人的炮火打碎他的生命的好梦。假若他愿意等着文凭与学士的头衔，他便须先承认自己是亡国奴。奴才学士容或有留学东洋的机会，当他把祖宗与民族都忘记了的时候。他把墙上的一面小镜打得粉碎，镜中那对大而亮的眼，那个宽大的脑门，那个高直的鼻子，永将不能被自己再看见，直到国土收复了的一天。忘了祖国与民族？且先忘了自己吧！被暴力征服的人怎能算作人呢？他不想作个英雄，可是只有牺牲了自己才算是认识了这时代给予的责任。这时代意义只能用血去说明。

他把范明力和吴聪找了来，两个都是他的同年级而不同学系的学友。范明力的体格比不上王文义，可也不算怎样的弱。眼睛不大水灵，嘴唇很厚，老老实实的像个中年的教师似的。吴聪很瘦，黄黄的脸，窄胸，似乎有点肺病；眼睛可很有神，嗓音很大，又使人不忍得说他有病。他的神气比他的身体活泼得多。

"有了办法没有？"王文义并没有预备下得到什么满意的回答的希望。反之，他却是想说出他的决定。

范明力把眼皮搭拉下去，嘴角微微往上兜着，作为不便说什么的表示。

"我们逃吧？"吴聪试着步儿说，语声不像往日那么高大，似乎是被羞愧给管束住。

"逃？"王文义低声的问，而后待了半天才摇了摇头："不，不能逃！逃到哪里去？为什么逃？难道这里不是我们的土地？"

"我也这么问过自己，"吴聪的语声高了些，"我并不一定要逃。我是这么想：咱们死在这里太可惜，而且并没有什么好处。"

"是的，我们是受过高等教育的，可惜；三个人的力量太小，无益。"王文义点着头说。忽然，他立了起来，提高了语声像个演说家想到了些激烈的话似的："可是，亡国奴是没有等级的，一个大学生和一个洋车夫没有丝毫的分别。再从反面来说不愿作亡国奴的也没有等级，命都是一样的，血，没有高低；在为国牺牲上，谁的血洒在地上都是同样的有价值。爱国不爱国，一半是决定于知识，一半是决定于情感。在为民族生存而决斗的时候，我们若是压制着情绪，我们的知识便成了专为自私自利的工具。保护住自己，在这时候，便没有了羞耻。站在斗争的外边，我们便失了民族的同情与共感。去牺牲，绝不仅是为作英雄；死是我们每个人应尽的义务，不是什么特别的光荣。想偷生的人说死最容易，决定去牺牲的人知道死的价值。我不逃，我要在这里死。死的价值不因成就的大小，而是由死的意志与原因，去定重轻。"

"我明白了你的意思！"范明力的厚嘴唇好像是很吃力的样子掀动着。"死不为是急速结束这一生，而是把一点不死的精神传延下去。"

"我再说，"王文义的宽脑门上涨出些红亮的光，"我不是什么英雄主义，而是老实的尽国民的责任。英雄主义者是乘机会彰显自己，尽责的是和同胞们死在一块，埋在一块，连块墓碑也没有。"

"好吧，"吴聪把窄胸挺起来，"说你的办法吧！我愿意陪伴着你们去死！"

"我们先立誓！"

吴范二人也都立起来。

"吴聪，范明力，王文义，愿为国家而死，争取民族的永远独立自由；我三人的身体与姓名将一齐毁灭，而精神与正义和平永在人间！"

"永在人间！"吴范一齐应声。

一种纯洁的微笑散布在他们的脸上，他们觉得死最甜蜜，牺牲是最崇高的美丽，全身的血好像花蜜似的漾溢着芬香。他们心平气和的商议着实际的办法。最难决定的——死——已被决定了，他们用不着再激昂慷慨的呼喊，而须把最高的智慧拿出来，用智慧配合着勇敢，走到那永远光明的路上去。他们耳中仿佛听到了微妙的神圣的呼召，所以不慌不怕；他们的言语中有些最美妙的律动。像是回应着那呼召，而从心弦上颤出民族复兴的神乐。

\*　　　\*　　　\*

在驴儿胡同的口上，无论冬夏老坐着一个老婆婆。灰尘仿佛没有扑落过来的胆气，她老是那么干净。穷困没有能征服了她，她那随着年纪而下陷的眼中，永远深藏着一些和悦亲善的光，无选择的露给一切的人。她的职业是给穷人们缝补缝补破鞋烂袜子；眼还没有花，可是手总发颤，作不来细活计了。她的副业是给一切过路人一点笑意，和替男女小学生们，洋车夫们，记着谁谁刚才往南去了，或谁谁今天并没有从这里经过，而是昨天太阳偏西的时候向北去了。这个副业是纯粹义务的，唯一的报酬是老少男女都呼她"好妈妈"。有人说，她本是姓"郝"的。

城陷后，胡同口上好几天没有好妈妈的影儿。大家似乎没理到这件事，因为大家也都没敢出来呀；即使大着胆出来，谁还顾得注意她：国土已丢失，一位老妈妈的存亡有什么可惊异的呢？

可是，她到底又坐在那里了。一切还是那样，但她不能再笑脸迎人。还是那样的一切中却多了一些什么：她所认识的旗子改了颜色，她所认识的人还作着他们的事，拉车的拉车，卖菜的卖菜，可是脸上带着一层羞愧。她几乎不敢再招呼他们。那些男女小学生都不上学了，低着头走来走去，连义勇军进行曲也不再唱。大街上依然有车有马，但是老有些出丧的味儿，虽在阳光之下，而显着悲苦惨淡。

活了六十多岁，她经过多少变乱，受过多少困苦，可是哪一次也不像这次这么使她感到愤恨，愤恨压住了她的和悦，像梦中把手压在了胸上那么难过。她看见了成群的坦克车在马路上跑，结阵的飞机在空中飞旋，整车的我们青年男女捆往敌营去吃枪弹，大批的我们三四十岁的壮汉被锁了去……这些都不足引起她的恨怒，假如这些事底下没有"日本"这两个字。活了六十多年了，她不怀恨任何人，除了日本。她不识字，没有超过吃喝嫁娶穿衣住房的知识，不晓得国家大事，可是她知道恨日本。日本一向是在人们的口中，在她的耳边，在她的心里，久已凑成一块病似的那么可恨。没有理由，没有解释，她恨日本。只有恨日本，她仿佛渺茫的才觉得她还知道好歹，不是个只顾一日三餐的畜生。现在，满天飞的，遍地跑的，杀人的，放火的，都是日本，而日本这两个字已经不许她高声的说出，只能从齿缝唇边挤擦出来。像牛羊在走向屠场时会泪落那样，她直觉的感到不平与不安。

最使她不痛快的，是马路那边站岗的那个兵。她对谁都想和善，可是对这个兵不能笑着点点头。他的长刺刀老在枪上安着，在秋阳下闪着白亮亮的冷光。他的脚是那么宽，那么重，好像唯恐怕那块地会跑开似的死力的踩着。那是"咱们"的地；好妈妈不懂得别的，那块地是谁的她可知道的很清楚，像白布上一个红团不是中国旗那样清楚。她简直不敢再往马路那边看。可是不看还无济于事，那白亮亮的刺刀，宽重的脚，时时在她的心中发光，踩压。

她慢慢觉出点奇怪来：为什么咱们不去揍他呢？揍人，是她一向反对的事，可是现在她觉得揍那个兵，日本兵，是应当的。揍，大家不但不去揍他，反倒躲着他走呀！咱们的那些壮小伙子简直没有心胸，没有志气，没有人味儿！假若她有个儿子，要去揍对面的那个兵，她必定是乐意的，即使母子都为这个而砍了头，也是痛快的。

她不愿再坐在那里，但又舍不得离开：万一在她离开的那会儿，有人来揍那个不顺眼的东西呢！她在那里坐得更久了，那个东西仿佛吸住了她。他简直像个臭虫，可恨，又使她愿意碰见——多咱才有人来用手指抹死他呢！她血液中流着的那点民族的生命力量，心中深藏着的那点民族自由自立的根性，或者使她这样愤怒，这样希望。杀了这个兵有什么用处？她不知道，也不想去思索。她只觉得有他在那里是种羞辱，而羞辱必须洗扫了去。正像个小姑娘到时候就懂得害羞，这位老婆婆为着民族与国土——虽然连这俩名词都不会说——而害羞。凡是能来杀或打这个兵的，她便应当呼之为——容

或她会说这个——英雄。她的心目中的英雄不必是什么
红胡子蓝靛脸的人物，而是街上来来往往的那些男子，
只要他敢去收拾那个兵。在她的心中，在王文义的心
中，在一切有血性的人的心中，虽然知识与字汇不同，
可是在这时节都会唱出与这差不多的歌来：

> 国土的乳汁在每个人血中，
> 一样的热烈，一样的鲜红；
> 每个人爱他的国土如爱慈母，
> 民族的摇篮，民族的坟墓。
> 驱出国境，惨于斩首；
> 在国土上为奴，终身颤抖。
> 是灵魂受着凌迟，
> 啊，灵魂受着凌迟！

　　她等着，等着那英雄，那平凡而知道尽责任的英雄。
啊，那兵又换班了，一来一去，都是那么凶恶。啊，大队
从南向北而去了，刺刀如林，闪亮了全街。啊，飞机又在
头上了，血红的圆光在两翅上，污辱着青天。我们的英
雄啊，怎么还不来？还不来？老妈妈的盼祷，也就是全

民族的呼声吧？

老妈妈等了许多天，还没把那英雄等来。可是她并不灰心，反倒加紧的盼望，逢人便低声的打听："咱们怎样了呢？"那洋车夫与作小买卖的之中也有会看报的，说给她一些消息。可是那些消息都是日本人制造出来的，不是攻下这里，便是打到某处。那些地名是好妈妈一向没听到过的，但是听过之后，她仿佛有些领悟："咱们的地真大！"同时，她就更盼望那件事的实现："咱们怎不过去打他呢？哪怕是先打死一个呢？"她的针尖顺着拉线的便利，指了指马路那边。"好妈妈，你可小心点！"人们警告她。她揉揉老眼，低声的说："他不懂我们的话，他是鬼子！"

好消息来了！拉车的王二拿着双由垃圾堆上拾来的袜子，请好妈妈给收拾一下。蹲在她旁边，他偷偷说："好妈妈，今天早上我拉车到东城，走到四牌楼就过不去了，鬼子兵把住了街道，不准车马过去。听说我们两个小伙子，把他们的一车炸弹全烧完，还打死他们五六个兵！"王二把挑起的大指急忙收在袖口中，眼瞭了马路那边一下，刚碰到刺刀的光亮就收了回来。"俩小伙子都没拿住，"他的声音更低了些，可是更有力了些。

"吃过饭，我又绕回去，那里还不准过人呢！听说那俩小伙子是跑进一家小肉铺去，跑进去就没影儿啦。好妈妈，你看肉铺的人也真有胆子，敢把俩小伙子放走！我们有骨头的，好妈妈？"

好妈妈几天没用过的笑容，由心中跳到脸上。"要是有人敢打那边的那个东西，我就也敢帮忙，你信不信？"

"我怎么不信？我要有枪，我就敢过去！好妈妈你别忙，慢慢的咱们都把他们收拾了！有了一个不怕死的，接着就有十个，一百个，一千个，是不是，对不对？"王二十分困难的把语声始终放低。"你看，鱼市上木盆里养着鳝鱼，必须放上一两条泥鳅。鳝鱼懒得动，日久就臭了。泥鳅爱动，弄得鳝鱼也得伸伸腰。我就管那俩小伙子比作我们的泥鳅，他们一动，大家伙儿都得动。好妈妈？"

"谁说不是！我在这儿等着，说不定明天就有人来打他，"随着"他"字，好妈妈的针又向外指了指。"他要是倒在那儿，我死了也痛快！我不能教小鬼子管着！"

第二天，好妈妈来得特别的早，在遇上熟人之前，已把笑容递给了红红的朝阳。

可是一直到过午，并没有动静。"早晚是要来的！"

她自言自语的说。

都快到收活的时候了，来了个面生的小伙子，大眼睛，宽脑门，高鼻子。他不像个穷人，可是手中拿着双破袜子。好妈妈刚要拿针，那个小伙子拦住了她。"明天我来取吧，不忙，天快黑了。回家吗？一块儿走？来，我给拿着小筐！"

一同进了驴儿胡同，少年低声的问："这条胡同里有穿堂门没有？"

好妈妈摇摇头，而后细细的端详着他。看了半天，她微微一笑："我知道你！"

"怎么？"少年的眼亮得怪可怕。

"你是好人！"好妈妈点头赞叹。"我告诉你，这里路南的第十个门，有个后门，可是没法打穿堂儿，那是人家的住宅呀。"

少年没有言语。好妈妈慢慢的想出来：

"行！我要准知道你什么时候来，我可以托咐倒脏土的李五给你们开开门。"

少年还没有言语。

"你的心，我的心，都是一样！"老妈妈抬头望了望他。

"什么意思？"

"我说不明白！"好妈妈笑了。"你是念书的人吧？"

青年点了点头。

"那你就该懂得我的话。"好妈妈的脸上忽然非常的严肃起来："告诉我，你明天什么时候来？我不会卖了你！"

"我明天早晨八点来！"

"就是卖杏茶的周四过来的时候？"

"好！卖杏茶的过来，那个门得开开！"

"就是！"

"你知道我要干什么？"

"知道！"

"啊？"

"知道！你的心，我的心，都是一样！"

次日，好妈妈早早就到了。她坐了好像一年的样子，才听到周四尖锐的嗓音渐渐由远而近："杏儿——茶哟。"好妈妈的手哆嗦起来，眼睛盯住那边的刺刀尖——一个小白星似的。"杏儿——茶哟。"周四就快到她面前了，她的眼几乎不能转动，像黏在了刺刀尖上。忽然，直像一条黑影儿，由便道上闪到马路边的一棵柳树后，紧跟着，枪响了，一声两声。那个兵倒在了地上。南边北边响了警笛。那条黑影闪进了驴儿胡同。倒在地上的兵立了起来，赶过马路这边。南边北边的"岗"，也都赶到，像作战的蚂蚁似的，匆忙的过了句话，都赶进胡同中去。好妈妈停止了呼吸。等了许久许久，那些兵全回来了，没有那个少年，她喘了口气，哆嗦着拿起那双袜子来，头也不愿再抬一抬。

也就是刚四点钟吧，她想收活回家，她的心里堵得慌，正在这么想，取袜子的来了！她几乎不肯相信自己的眼睛！愣了一会儿，她把袜子递给他。他蹲在一旁，看着袜子，低声的问："早晨我打死他没有。"

好妈妈微微一摇头。"他装死儿呢，一会儿就爬起来了。"

"呕！下回得用炸弹！"他一边说着，一边掏出一块钱的票子来："妈妈和李五分吧。"

"留着用吧，我不要！"好妈妈摆了摆手。"你要是有枪啊，给王二一支，他也愿意干。"

"有的是人，妈妈！"

"你姓什么呢？"

"暂时没有姓名，"少年立起来，把袜子和钱票都塞

在衣袋里，想了想，"啊，也许永久没有姓名！再见，
妈妈！"

"哎，下回来，打准一点！"好妈妈的心里又不堵得
慌了。

*　　*　　*

他们三个又坐在一处，互相报告着工作，并且计划
着以后的办法。

范明力的厚嘴唇仿佛更厚了些，增加了沉默刚毅的
神气。吴聪的窄胸似乎已装不下那些热气，挺着细脖，
张着点嘴，像打鸣的鸡似的。他——不像范明力——有
点按不住他的得意，越想两三日来的成绩越高兴。王文
义不得意，也不失望，而是客观的批判着：

"咱们的成功与失败都没关系，唯一的好处是把未
死的人心给激动起来了。咱们的心，大家的心，都并差
不很多。我们只是作了应该作的事，至多也不过是先走
了一步而已。好吧，我们商量明天的事；就热打铁，教
这座城必定变成敌人的坟墓！"

# 一封家信

专就组织上说，这是个理想的小家庭：一夫一妇和一个三岁的小男孩。不过，"理想的"或者不仅是立在组织简单上，那么这小家庭可就不能完全像个小乐园，而也得分担着尘世上的那些苦痛与不安了。

由这小家庭所发出的声响，我们就可以判断，它的发展似乎有点畸形，而我们也晓得，失去平衡的必将跌倒，就是一个家庭也非例外。

在这里，我们只听见那位太太吵叫，而那位先生仿佛是个哑巴。我们善意的来推测，这位先生的闭口不响，一定具有要维持和平的苦心和盼望。可是，人与人之间是多么不易谅解呢；他不出声，她就越发闹气："你说话呀！说呀！怎么啦？你哑巴了？好吧，冲你这么死不开口，就得离婚！离婚！"

是的，范彩珠——那小家庭的女性独裁者——是懂得世界上有离婚这件事的，谁知道离婚这件事，假若实际的去作，都有什么手续与意义呢？反正她觉得这两字很有些力量，说出来既不蠢野，又足以使丈夫多少着点急。她，头发烫得那么细腻，真正一九三七的飞机式，脸上是那么香润；圆圆的胳臂，高高的乳房，衣服是那么讲究抱身；她要说句离婚，他怎能不着急呢？当吵闹一阵之后，她对着衣镜端详自己，觉得正像个电影明星。虽然并不十分厌恶她的丈夫——他长得很英俊，心眼很忠厚——可是到底她应当常常发脾气，似乎只有教他难堪才足以减少她自己的委屈。他的确不坏，可是"不坏"并不就是"都好"，他一月才能挣二百块钱！不错，这二百元是全数交给她，而后她再推测着他的需要给他三块五块的；可是凭她的脸，她的胳臂，她的乳，她的脚，难道就能在二百元以下充分的把美都表现出来么？况且，越是因为美而窘，便越须撑起架子，看电影去即使可以买二等票，因为是坐在黑暗之中，可是听戏去便非包厢不可了——绝对不能将就！啊，这二百元的运用，与一切家事，交际，脸面的维持——在二百元之内要调动得灵活漂亮，是多么困难恼人的事！特别是对她自己，太难了！连该花在男人与小孩身上的都借来用在自己身上，还是不能不拿搀了麻的丝袜当作纯丝袜子穿！连被褥都舍不得按时拆洗，还是不能回回看电影去都叫小汽车，而得有时候坐那破烂，使人想落泪的胶皮车！是的，老范不错，不挑吃不挑喝的怪老实，可是，只能挣二百元哟！

老范真爱他的女人，真爱他的小男孩。在结婚以前，他立志非娶个开通的美女不可。为这个志愿，他极忠诚的去作事，极俭朴的过活；把一切青年们所有的小小浪漫行为，都像冗枝乱叶似的剪除净尽，单单培养那一朵浪漫的大花。连香烟都不吃！

省下了钱，便放大了胆，他穿上特为浪漫事件裁制的西装去探险。他看见，他追求，他娶了彩珠小姐。

彩珠并不像她自己所想的那样美妙惊人，也不像老范所想的那么美丽的女子。可是她年轻，她活泼，她会作伪；教老范觉得彩珠即使不是最理想的女子，也和那差不多；把她摆在任何地方，她也不至显出落伍或乡下气。于是，就把储蓄金拿出来，清偿那生平最大的浪漫之债，结了婚。

他没有多挣钱的坏手段，而有维持二百元薪水的真本领。消极的，他兢兢业业的不许自己落在二百元的下边来，这是他浪漫的经济水准。

他领略了以浮浅为开通，以作伪为本事，以修饰为美丽的女子的滋味。可是他并不后悔。他以为他应该在讨她的喜欢上见出自己的真爱情，应该在不还口相讥上表示自己的沉着有为，应该在尽力供给她显出自己的勇敢。他得作个模范丈夫，好对得起自己的理想，即使他的伴侣有不尽合理想的地方。况且，她还生了小珠。在生了小珠以后，她显着更圆润，更开通，更活泼，既是少妇，又是母亲，青春的娇美与母亲的尊严联在一身，香粉味与乳香合在一处；他应当低头！不错，她也更厉害了，可是他细细一想呢，也就难以怪她。女子总是女子，他想，既要女子，就须把自己放弃了。再说，他还有小珠呢，可以一块儿玩，一块儿睡；教青年的妈妈吵闹吧，他会和一个新生命最亲密的玩耍，作个理想的父亲。他会用两个男子——他与小珠——的嬉笑亲热抵抗一个女性的霸道；就是抵抗与霸道这样的字眼也还是偶一想到，并不永远在他心中，使他的心里坚硬起来。

从对彩珠的态度上，可以看出他处世为人的居心与方法。他非常的忠诚，消极的他不求有功，只求无过，积极的他要事事对得起良心与那二百元的报酬——他老愿卖出三百元的力气，而并不觉得冤枉。这样，他被大家视为没有前途的人，就是在求他多作点事的缘故，也不过认为他窝囊好欺，而绝对不感谢。

他自己可并不小看自己，不，他觉得自己很有点硬劲。他绝对不为自己发愁，凭他的本事，到哪里也挣得出二百元钱来，而且永远对得起那些钱。维持住这个生活费用，他就不便多想什么向前发展的方法与计划。他永远不去相面算命。他不求走运，而只管尽心尽力。他不为任何事情任何主义去宣传，他只把自己的生命放在正当的工作上。有时候他自认为牛，正因为牛有相当的伟大。

平津像个噩梦似的丢掉，老范正在北平。他必须出来，良心不许他接受任何不正道的钱。可是，他走不出来。他没有钱，而有个必须起码坐二等车才肯走的太太。

在彩珠看，世界不过是个大游戏场，不管刮风还是下雨，都须穿着高跟鞋去看热闹。"你上哪儿？你就忍心的撇下我和小珠？我也走？逃难似的教我去受罪？你真懂事就结了！这些东西，这些东西，怎么拿？先不用说别的！你可以叫花子似的走，我缺了哪样东西也不行！又不出声啦？好吧，你有主意把东西都带走，体体面面的，像旅行似的，我就跟你去；开开眼也好！"

　　抱着小珠，老范一声也不出。他不愿去批评彩珠，只觉得放弃妻子与放弃国旗是同样忍心的事，而他又没能力把二者同时都保全住！他恨自己无能，所以原谅了彩珠的无知。

　　几天，他在屋中转来转去。他不敢出门，不是怕被敌人杀死，而是怕自己没有杀敌的勇气。在家里，他听着太太叨唠，看着小珠玩耍，热泪时时的迷住他的眼。每逢听到小珠喊他"爸"他就咬上嘴唇点点头。

　　"小珠！"他苦痛到无可如何，不得不说句话了。"小珠！你是小亡国奴！"

　　这，被彩珠听见了。"扯什么淡呢！有本事把我们送到香港去，在这儿瞎发什么愁！小珠，这儿来，你爸爸要像小钟的爸爸那么样，够多好！"她的声音温软了许多，眼看着远处，脸上露出娇痴的羡慕："人家带走二十箱衣裳，住天津租界去！小钟的妈有我这么美吗？"

　　"小钟妈，耳朵这样！"小珠的胖手用力往前推耳朵，准知道这样可以得妈妈的欢心，因为作过已经不是一次了。

　　乘小珠和彩珠睡熟，老范轻轻的到外间屋去。把电灯用块黑布罩上，找出信纸来。他必须逃出亡城，可是自结婚以后，他没有一点儿储蓄，无法把家眷带走。即使勉强的带了出去，他并没有马上找到事情的把握，还不如把目下所能凑到的一点钱留给彩珠，而自己单独去碰运气；找到相当的工作，再设法接她们；一时找不到工作，他自己怎样都好将就活着，而她们不至马上受罪。好，他想给彩珠留下几个字，说明这个意思，而后他偷偷的跑出去，连被褥也无须拿。

他开始写信。心中像有千言万语，夫妻的爱恋，国事的危急，家庭的责任，国民的义务，离别的难堪，将来的希望，对妻的安慰，对小珠的嘱托……都应当写进去。可是，笔画在纸上，他的热情都被难过打碎，写出的只是几个最平凡无力的字！撕了一张，第二张一点也不比第一张强，又被扯碎。他没有再拿笔的勇气。

一张字纸也不留，就这么偷偷走？他又没有这个狠心。他的妻，他的子，不能在国危城陷的时候抛下不管，即使自己的逃亡是为了国家。

轻轻的走进去，借着外屋一点点灯光，他看到妻与子的轮廓。这轮廓中的一切，他都极清楚的记得；一个痣，一块小疤的地位都记得极正确。这两个是他生命的生命。不管彩珠有多少缺点，不管小珠有什么前途，他自己须先尽了爱护保卫的责任。他的心软了下去。不能走，不能走！死在一处是不智慧的，可是在感情上似乎很近人情。他一夜没睡。

同时，在亡城之外仿佛有些呼声，叫他快走，在国旗下去作个有勇气有用处的人。

假若他把这呼声传达给彩珠，而彩珠也能明白，他便能含泪微笑的走出家门；即使永远不能与她相见，他也能忍受，也能无愧于心。可是，他知道彩珠绝不能明白；跟她细说，只足引起她的吵闹；不辞而别，又太狠心。他想不出好的办法。走？不走？必须决定，而没法决定；他成了亡城里一个困兽。

在焦急之中，他看出一线的光亮来。他必须在彩珠所能了解的事情中，找出不至太伤她的心，也不至使自己太难过的办法。跟她谈国家大事是没有任何用处的，她的身体就是她的生命，她不知道身外还有什么。

"我去挣钱，所以得走！"他明知这里不尽实在，可是只有这么说，才能打动她的心，而从她手中跑出去。"我有了事，安置好了家，就来接你们；一定不能像逃难似的，尽我的全力教你和小珠舒服！"

"现在呢？"彩珠手中没有钱。

"我去借！能借多少就借多少；我一个不拿，全给你们留下！"

"你上哪儿去？"

"上海，南京——能挣钱的地方！"

"到上海可务必给我买个衣料！"

"一定！"

用这样实际的诺许与条件，老范才教自己又见到国旗。由南京而武汉，他勤苦的工作；工作后，他默默的思念他的妻子。他一个钱也不敢虚花，好对得住妻子；一件事不敢敷衍，好对得起国家。他瘦，他忙，他不放心家小，不放心国家。他常常给彩珠写信，报告他的一切，歉意的说明他在外工作的意义。他盼家信像盼打胜仗那样恳切，可是彩珠没有回信。他明知这是彩珠已接到他的钱与信，钱到她手里她就会缄默，一向是如此。可是他到底不放心；他不怨彩珠胡涂与疏忽，而正因为她胡涂，他才更不放心。他甚至忧虑到彩珠是否能负责看护小珠，因为彩珠虽然不十分了解反贤妻良母主义，可是她很会为了自己的享受而忘了一切家庭的责任。老范并不因此而恨恶彩

珠，可是他既在外，便不能给小珠作些忽略了的事，
这很可虑，这当自咎。

他在六七个月中已换了三次事，不是因为他见利思
迁，而是各处拉他，知道他肯负责作事。在战争中，人
们确是慢慢的把良心拿出来，也知道用几个实心任事的
人，即使还不肯自己卖力气。在这种情形下，老范的价
值开始被大家看出，而成功了干员。

他还保持住了二百元薪金的水准，虽然实际上只拿
一百将出头。他不怨少拿钱而多作事；可是他知道彩珠
会花钱。既然无力把她接出来，而又不能多给她寄钱，
在他看，是件残酷的事。他老想对得起她，不管她是怎
样的浮浅无知。

到武昌，他在军事机关服务。他极忙，可是在万
忙中还要担心彩珠，这使他常常弄出小小的错误。忙，
忧，愧，三者一齐进攻，他有时候心中非常的迷乱，愿
忘了一切而又要同时顾虑一切，很怕自己疯了，而心中
的确时时的恍惚。

在敌机的狂炸下，他还照常作他的事。他害怕，
却不是怕自己被炸死，而是在危患中忧虑他的妻子。
怎么一封信没有呢？假若有她一封信，他便可以在轰

炸中无忧无虑的作事，而毫无可惧。那封信将是他最大的安慰！

信来了！他什么也顾不得，而颤抖着一遍二遍三遍的去读念。读了三遍，还没明白了她说的是什么，却在那些字里看到她的形影，想起当年恋爱期间的欣悦，和小珠的可爱的语声与面貌。小珠怎样了呢？他从信中去找，一字一字的细找；没有，没提到小珠一个字！失望使他的心清凉了一些；看明白了大部分的字，都是责难他的！她的形影与一切都消逝了，他眼前只是那张死板板的字，与一些冷酷无情的字！

警报！他往外走，不知到哪里去好；手中拿着那封信。再看，再看，虽然得不到安慰，他还想从字里行间看出她与小珠都平安。没有，没有一个"平"字与"安"字，哪怕是分开来写在不同的地方呢；没有！钱不够用，没有娱乐，没有新衣服，为什么你不回来呢？你在外边享福，就忘了家中……

紧急警报！他立在门外，拿着那封信。飞机到了，高射炮响了，他不动。紧紧的握着那封信，他看到的不是天上的飞机，而是彩珠的飞机式的头发。他愿将唇放在那曲折香润的发上；看了看手中的信纸；心中像刀刺了一下。极忙的往里跑，他忽然想起该赶快办的一件公事。

　　刚跑出几步，他倒在地上，头齐齐的从项上炸开，血溅到前边，给家信上加了些红点子。